_____ 에게

혼란스러움을 간직하는 방법

퇴사, 그 흔들림 속에서

혼란스러움을 간직하는 방법

퇴사, 그 흔들림 속에서

1판 1쇄 펴낸날 2017년 8월 10일

지은이 정강민

펴낸이 서채윤 펴낸곳 채륜서
책만듦이 김승민 책꾸밈이 이한희

등록 2011년 9월 5일(제2011-43호)
주소 서울시 광진구 자양로 214, 2층(구의동)
대표전화 02-465-4650 팩스 02-6080-0707
E-mail book@chaeryun.com Homepage www.chaeryun.com

책값은 뒤표지에 있습니다.
ISBN 979-11-85401-29-4 03810

이 도서의 국립중앙도서관 출판예정도서목록(CIP)은 서지정보유통지원시스템 홈페이지(http://seoji.nl.go.kr)와 국가자료공동목록시스템(http://www.nl.go.kr/kolisnet)에서 이용하실 수 있습니다. (CIP제어번호 : CIP2017016692)

채륜서(인문), 앤길(사회), 띠움(예술)은 채륜(학술)에 뿌리를 두고 자란 가지입니다.
물과 햇빛이 되어주시면 편하게 쉴 수 있는 그늘을 만들어 드리겠습니다.

혼
퇴사, 그 흔들림 속에서

란스러움을
간직하는 방법

정강민

채륜서

혼란스러움을 간직하라

지하철은 영영 오지 않았다. 아침 7시에 집을 나갔다. 20분 뒤에 지하철역에 도착했다. 개찰구에 신용카드를 접촉했다. 지하철을 기다렸다. 지하철이 왔다. 타지 않았다. 다음 지하철이 왔다. 또 타지 않았다. 계속 지하철은 왔지만 나는 타지 않았다. 마땅히 갈 곳이 없었기 때문이다. 가족들은 내가 퇴직한 것을 알았다. 나는 만나볼 사람이 있다며 나왔다. 집에 있기가 불편했고 어색했기 때문이다. 그 지하철역 플랫폼에서 40분 이상을 보냈다. 지하철 8대가 통과했다. 내가 타야할 지하철은 오지 않았다.

'난 어디로 가야 하나?'

몇 년 전 갑자기 회사에서 잘리고 겪었던 일이다.

나는 평범한 사람이다. 아니 보통이하에 가깝다. 벌지 않으면 불편해지고, 갚아야 할 부동산 대출도 있고, 하루에도 몇 번씩 지금 삶의 방식이 옳은지를 고민한다. 이 책은 다른 책들과 달리 실패극복을 통한 화려한 성공담이 아니다. 지금 실패와 같이 걸어가고 있는 아주 평범한 사람이 겪고 있는 진행담이다. 혼란을 몸소 겪으며 하루하루 고민하는 현재 이야기다. 상사의 불합리한 질책, 체력을 고려치 않는 끝없는 업무, 능력 없는 동료의 승진, 나의 무능함으로 고통 받았다. 퇴직할 때 막막하고 답답했다. 그러다 이직에 성공하면 합격소식을 듣는 순간은 기쁨이었다. 하지만 새로운 곳에서 자신을 입증해야 하는 부담이 밀려왔다. 새 회사에 들어갈 때 마다 창업박람회와 창업강의를 많이 찾아다녔다. 회사 재직 중에 퇴직을 준비하고 싶었다. 퇴직에 대한 불안과 회사생활의 절망감을 없애고 싶었다. 하지만 불안과 절망감은 없어지지 않았다.

현재를 사는 사람들은 한번쯤 퇴직과 이직사이에 혼란스러운 상황을 겪는다. 아마 당신도 지금 이 시기를 겪고 있을 것이다. 아니면 언젠가는 겪는다. 겪지 않는다면 죽을 때까지 지금 하고 있는 일을 계속한다는 의미다. 그것이 행복일 것 같지만, 최고의 불행일수 있다. 자신을 돌아보는 소중한 기회를 놓치기 때문이다. 이 시기는 혼란스럽다. 갈 데가 없어 등산을 다니는, 눈칫밥을 먹는, 친구들과 만남을 피하는, 사람들이 나를 가치 없는 인간으로 쳐다보는 것 같은, 어깨가 축 처지는, 힘든 시기다. 하지만 이 시기는 에너지를 응집할 수 있는, 인생을 다시 한 번 살게 하는, 축복의 시간이고 당신에게 주어진 소중한 권리이다. 이 시기에 당신을 비참하게 만드는 혼란스러움을 관찰하고 응시해야 한다. 반드시 이놈의 실체를 파악해야 한다. 그렇지 않으면 다시 직장을 가든, 사업을 하든 전과 똑같은 어려움으로 혼란을 겪게 된다.

살아가면서 장애물을 만나면 쉽게 좌절했다. 피하고 숨었다. 하지만 바로 그 장애물은 모양만 바꾸어서 또 나타났다.

"그 장애물이 가까운 미래에 나에게 엄청난 혜택을 가져다주는 것이 확실하다면 나는 어떻게 했을까?"

분명 장애물을 잘 관찰하고 그 경험을 간직하려고 했을 것이다. 당신이 지금 겪고 있는 혼란스러움이라는 장애물은 당신 미래에 엄청난 혜택을 준다. 장담한다. 하지만 조건이 있다. '고이' 간직해야 한다.

퇴직초반에는 지인들에게 전화가 많이 왔다. 그들은 나의 퇴직생활을 궁금해 했다. 향후 자신들이 퇴직할 때 어떤 생활과 마음가짐일지를 먼저 퇴직한 나를 통해 가늠해보고 싶었던 것 같았다. 조금은 막막하고 괴롭다는 말을 일부러라도 한다. 물론 그들은 나의 괴로움에 관심이 없을 수도 있다. 하지만 이 말을 하지 않으면 살짝 허전한 감정을 느끼는 이도 있다는 것을 미세하게 알아챘다. 잘 지낸다고 하면 궁금해 하지 않았다. 더 이상 전화하지 않았다.

우리는 보통 자기보다 훨씬 못한 사람들을 도와준다. 그들의 상황이 최악이라서 도와주는 것도 있지만, 그들을 아무리 도와줘도 자신의 위치까지 도달하지 않기에 도와주는 경우도 마음속 어딘가 꼭꼭 숨겨져 있을 수도 있다. 우리는 상대방을 위로하기 위해 전화하거나, 도움을 주고 싶어 한다. 내면 깊은 곳에는 자기보다 못한 타인과의 비교를 통해 상대적 행복감을 느끼고 싶은 이유도 있을 것이다.

살아있는 모든 것은 혼란스러움을 겪는다. 예외적으로 당신에게만 나타나는 현상이 아니다. 누구에게나 나타난다. 피한다고 사라지지 않는다. 혼란스러움은 에너지다. 혼란스러움으로 인류가 지금까지 생존할 수 있는 에너지를 만들었다. 혼란스러움이 당신을 지탱하고 있다. 혼란이 없는 곳이 있다면 죽음뿐이다. 죽음은 에너지를 발생시키지 않는다. 우리는 혼란스러움의 본질을 알려고 하지 않는다. 막연히 혼란이 없기만을 바란다. 우리는 살아있기를 원하면서도 에너지가 발생하지 않는 낭창한 죽음상태를 추구한다. 살아있지만 죽은 삶이다.

스스로를 치유하지 못하는 책은 죽은 책이다. 생생한 체험, 오래된 추억 그리고 생각하고 싶지 않은 아픈 기억을 헤집고 파헤쳤다. 그리고 품었다. 지금도 나는 아프다. 퇴직과 이직 사이에서 경제적 정신적 압박으로 고민한다. 하지만 오래전 퇴직과 이직 그 흔들림으로 고통 받을 때랑은 완전히 다르다. 이유는 혼란한 감정을 간직하려고 결심했기 때문이다. 나는 이 책을 쓰면서 혼란한 감정의 실체를 알게 되었다. 서서히 혼란과 악수하고 있다.

나처럼 혼란을 겪고 있는 독자들에게 혼란을 보는 새로운 시각, 혼란스러움을 에너지로 전환하는 법, 세상이 가진 오해, 자신을 찾는 법 등을 공유하고 싶었다. 이 책을 통해 당신은 혼란의 실체를 있는 그대로 바라보고, 더 이상 피하지 않고, 혼란스러움을 축복으로 여기는 경지까지 도달할 수도 있다.

혼란을 간직하겠다는 마음만 있으면 당신은 이미 충분하다.

차례

내 생각대로 살아간다는 것

퇴사하고 싶다

"가장 참기 힘든 것은 못 참을 게 없다는 것이다."
- 랭보

좀 늦게 직장생활을 시작했다. 늦은 나이까지 회계사시험을 공부했다. 합격하지 못해 취직했다. 고시반과 도서관에서 많은 시간을 보낼 때, 친구들은 양복입고 직장생활을 했다.

취직하기로 결심한 후 친구들과 약속을 위해 여의도나 강남이나 종로 등을 나갈 때면 양복차림으로 출근하고 퇴근하는 사람들이 보였다. 동경했다. 나도 취직해서 저렇게 생활할수 있을까? 나이 때문에 취직하지 못할 수 있다는 불안감이당시 내 주위를 맴돌았다.

힘들게 취직이 되었다. 나는 매일 아침 출근을 위해 양복을 입었다. 그 모습을 어머님은 흐뭇해하셨다. 나도 기뻤다. 직장생활을 시작한 지 한 달 정도 되었던 시기다. 퇴근 시 지하철역까지 걸어가다 포장마차에서 어묵을 먹은 기억이 있다. 그때 팀장님이 사주셨던 어묵은 아직 잊을 수 없다. 꼭 맛있어서 그런 게 아니다.

양복을 입고 서류가방을 들고, 길거리에서 서서 어묵을 먹는 것이 직장인의 전형처럼 느껴졌기 때문이다. 내가 그렇게 부러워하던 직장인이 되었다는 사실에 포장마차 아주머니가 우리를 동경의 대상으로 바라보는 것처럼 느껴졌다. 처음으로 무언가 성취했다는 뿌듯함이 작동한 것이 틀림없다.

처음 발령은 기획팀이었다. 경영진의 최측근이라는 자부심이 있었다. 내가 하는 일이 회사의 중요한 일이라고 자부했다. 당시 직장생활은 재미 그 자체였고, 자부심을 넘어 자만심까지 생겼다.

시간이 지나면서 나의 능력은 들통나게 되었다. 조직을 전혀 모르는 사람이 기획을 하니 뭔가 결과를 제대로 내지 못했다. 일이 하기 싫었다. 난 잘한다고 생각했는데, 평가는 별로였다. 여러 가지 사정으로 나의 전공부서인 재무팀으로 옮겨갔다. 이론으로만 공부했던 재무, 회계, 경영을 실무를 통해 접하니 신기했고 재미있었다. 나름 재무팀 조직에서는 인정도 받았다. 아무래도 회계사 공부를 오래 해서 그런지 재무팀 선배대리보다 이론적으로 아는 게 더 많았다. 그런 점이 선배들에게 인정받는 계기가 되었다.

하지만 마음 깊은 곳에서는 열등감이 있었다. 나는 기획팀에서 쫓겨났다고 생각했다. 재무팀으로 발령 나던 순간부터 회사에 대한 애정은 식어갔다. 기획팀에 있을 때는 재무팀 부장과 편하게 술도 마셨다. 자부심도 있었고, 스스로 똑똑하다고 생각했기 때문이다. 하지만 이제는 깍듯이 모셔야 하는 직속상사가 되었다. 비유가 적당할지 모르겠지만, 권력을 정점에 있다가 좌천당한다면 아마 이런 느낌일 것 같았다. 난 스스로 위축되어 갔다. 이런 생활은 계속되었다.

마음으로는 이미 몇 번이고 그만뒀다

하소연은 공통된 안주였다. 친구들과 술을 마시면 힘들다는 이야기가 전부였다.

"지랄 같아서 못해먹겠다. 그만두어야겠다. 난 한다면 하는 사람인 거 너는 알잖아."

호기롭게 말한다. 집으로 돌아오는 길은 늘 질척거린다. 내일 당장 그만두고 싶지만 생활비를 계산한다. 자신의 뻔한 월급은 계산을 아무리 정교하게 해도 그대로다. 결혼해서 자식이 대학 갈 때까지는 벌어야 한다. 이런 생각을 하면 답답해진다. 권고사직을 당하면 무엇을 할까도 고민한다. 그냥 답답하고 혼란스러운 마음이 이런 생각까지 하게 된다. 하지만 깊은 생각까지는 미치지 못한다.

그리고 내년에도 이런 모습은 자연스럽게 반복된다. 물론 권고사직을 당하는 사람도 있다. 그 사람도 또 몇 개월이 지나면 다른 직장을 다니고 있다. 하지만 그의 풍경 또한 비슷하다. 우리가 매년 겪고 있는 감정상태도 똑같다.

꿈조차
현실적인 세상

회사욕 뿐이다. 친구들과 이야기해 보면 대부분은 힘들다는 이야기다. 난 무엇이 정말 좋다, 더 좋은 무엇을 찾고 싶다 등의 이야기를 지금까지 들은 적이 거의 없다. 직장생활 초반에는 또라이 같은 상사 이야기가 주였고, 요즘은 부하직원의 무책임함과 적극성 부족 등을 신랄하게 이야기한다.

자신의 미래에 대한 암담함은 절대 빠질 수 없는 소재다. 또 대장내시경 검사과정 중 종양 발견 이야기를 신대륙 발견이야기의 무용담처럼 말한다. 몇 년 전에는 치과치료 이야기를 참 많이 했다. 이유는 모르겠다. 몸에 이상이 있어 병원치료 받아야 할 나이가 되어서인지.

병원이야기가 위압적이고 색다른 경험인 것은 분명하다.

병원에서 치료받은 이야기는 삶의 큰 변화이기에 이야기의 주가 될 수밖에 없다. 한편으로 보면 그만큼 자신의 삶에 특별한 환희나 경험이 없다는 방증이다.

또 아이들의 현재가 너무 중요하기에 선행학습을 위해 영어학원과 수학학원을 2개를 보낸다며 한숨 쉰다. 그러면서 우리나라 아이들이 불쌍하다는 이야기는 항상 나온다. 우리나라에서 살아가려면 어쩔 수 없다며 서로를 더욱 독려한다. 결국 자신이 좋아하는 것에 대한 이야기는 거의 없다. 우리는 그렇게 세뇌되었다.

사
는
게
무
엇
인
지

답답함이 사라진다. 회사생활에서 금요일 오후 4시정도가 되면 기분이 살아난다. 지인들과 술 약속을 한다. 아니면 집에서 맥주와 치킨으로 늦은 밤까지 TV를 시청한다. 밤 12시가 넘어가도 잠자리에 들지 않는다. 금요일의 여유로움을 오래도록 간직하고 싶기 때문이다.

갑자기 짜증이 몰려오는 시간이 있다. 일요일 오후 4시쯤이다. 내일 걱정으로 스트레스가 갑자기 올라온다. 다시 일주일을 견뎌내야 하는 부담이 태산처럼 느껴진다. 언젠가 지인에게 엄청난 질문을 던졌다.

"도대체 사는 게 뭐냐?"

돌아온 답변이다.

"다들 그렇게 사니까 사는 거야. 죽지 못해 사는 거지."

"야 넌 대출이라도 얼마 없잖아. 난 내가 벌지 않는 순간 길
거리로 쫓겨나."

돈만 많았으면

돈만 많으면 행복한 삶을 살 것 같았다. 우리가 혼란스러운 이유는 돈 때문이라고 결론지었다.

직원들에게 로또를 가끔 선물했다. 입사할 때, 명절 때, 퇴사할 때 주로 선물했다. 때로는 기분이 좋으면 그냥도 선물했다. 대략 팀원 숫자에 따라 인당 3천원에서 5천원 정도로 책정했다. 다들 받으면서 의아해한다. 대부분 로또를 다른 사람에게서 받은 적이 없다고 했다. 로또를 받으면 작은 미소를 짓는다. 확률 없는 희망을 시작한다. 줄 때 고단수 생색을 낸다. 그냥 준다고 하면 내가 너무 좋은 사람처럼 보인다. 어젯밤에 좋은 꿈을 꿨다고 말한다.

"다음 주 월요일 출근하지 않는 사람은 당첨으로 간주합니다. 바로 퇴직해도 할 말은 없지만, 간단한 인수인계는 하기를 바랍니다.”라며 웃는다. 직원들은 잠깐 동안 웃음꽃을 피운다. 일단 집을 사겠다는 사람, 안전한 외국계 은행에 예금하겠다는 사람, 차를 바꾸겠다는 사람, 마음 편히 직장을 다니겠다는 사람, 재무부서라서 그런지 나에게 로또의 원가인 5천원은 주겠다는 사람도 있었다.

로또를 선물하는 이유는 인당 3천원에서 5천원으로 줄 만한 선물을 찾지 못했기 때문이다. 또 단 며칠만이라도 희망을 주고 싶었다. 그래서 줄때는 꼭 월요일이나 화요일 정도에 준다. 확률 낮은 희망이라도 5일 정도 간직하기를 바랐다.

로또 당첨으로 인생을 망친 사람들 뉴스가 가끔 나온다. 그들도 당첨되기 전에는 자신만은 절대로 패가망신하지 않을 거라고 장담했단다. 하지만 어느 순간 노숙자가 되어있었다고 말한다. 자살하는 사람도 있었다. 그들은 자신의 삶을 후회했다. 당첨금 20억 원이 있다가 1천만 원만 남으면 죽고 싶어진다. 따지고 보면 죽고 사는 문제는 아니다. 그런데 죽을 결심을 한다. 이것은 돈이 없어진 것이 아니고 삶이 무너진 것이다. 그러면서 더욱 돈에 집착한다. 돈이 모든 것을 해결할 것이라고 착각한다. 그 많은 당첨금이 있었을 때도 해결하지 못했으면서 말이다. 마음이 불안정한 사람은 당첨되어도 행복함이 일시적이다.

행복을 결정하는 많은 요소에는 여러 가지가 있다. 인성, 가치관, 가족, 인간관계, 돈 등이다. 그 중에 인성이나 가치관은 오랫동안에 형성되었다. 가족이나 인간관계도 쉽게 바꿀 수 없다. 돈만이 유일하게 바꿀 수 있는 요소다. 그래서 우리는 모든 불행의 원인을 쉽게 돈이라고 말한다.

외국 어떤 정신과 의사의 말이 생각난다. 이 정신과 의사는 가난한 사람을 치료하지 않는다고 한다. 부유한 환자만을 치료한다고 한다. 가난한 사람들은 아무리 정신적 치료를 해도 자신의 말을 듣지 않는다고 한다.

가난한 환자들은 마음속으로 '난 돈만 있으면 해결 된다'는 강한 믿음이 있다는 것이다. 자신의 이야기를 듣는 척만 할 뿐이라는 것이 이유였다. 부유한 사람들은 돈이 고통과 혼란을 해결하지 못한다는 것을 알기에 치료 효과가 훨씬 높다고 했다.

우리는 어떻게 살아야 하는지에 대한 고민과 어떤 삶이 옳은 삶인지, 내가 누구인지에 대해서는 전혀 대화를 나누어본 기억이 없다. 그런 대화를 하는 방법도 교육받지 못했다. 그냥 선배들이 하는 대로 그대로 따라 살았다. 그런데 어찌 혼란스럽지 않겠는가?

　로또 받은 직원들 중 월요일 무단결근하는 사람은 아직 없었다. 또 다시 시작되는 부담감으로 다들 시무룩한 표정으로 업무를 시작했다.

가족 같은 분위기

　　　　　글을 쓰는 중간에 휴게실에 갔다. 어떤
여성분이 통화를 하고 있다. 아마 직장을 구하고 있는 중인 것
같다.

　"난 이번 직장은 편안하고, 오랫동안 일할 수 있는 가족 같
은 분위기였으면 좋겠어요."

　난 속으로 말한다.

　'그런 곳은 없어요. 그런 곳이 있다면 저도 꼭 가고 싶네요.'

　　　　회사는 안전한 절망이다. 일단 무리 속으로 들어가면 고독을 잊을 수 있다. 꼬박꼬박 나오는 월급으로 불안을 일시적으로는 떨쳐버릴 수 있다. 거창한 꿈을 포기하고 당당하게 의사표현을 하지 않으면 울타리에서 보호받을 수 있다. 안정감을 느낄 수 있다.

　　막연한 안정감을 추구하는 것이 장기적으로는 위험할 수 있다. 하지만 '대기업 취업', '출세', '조직 순응'은 당장의 안정에 도움이 된다.

　　비에 젖은 낙엽처럼 땅바닥에서 떨어지지 않기 위해 바짝 붙어 살아야 한다. 하지만 이렇게 되면 자신은 사라진다. '밖은 지옥이다'라며 스스로 위안하면 눈치 100단으로 살게 된다.

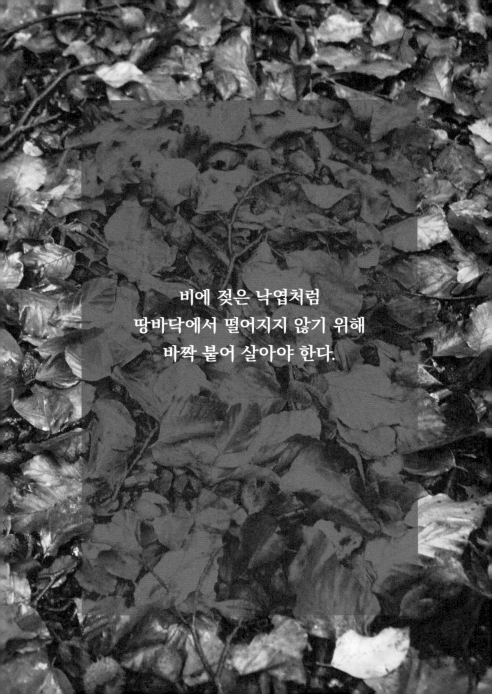

비에 젖은 낙엽처럼
땅바닥에서 떨어지지 않기 위해
바짝 붙어 살아야 한다.

　더 이상 자신의 색깔은 없었다. 지인은 한 회사에서 오랫동안 일했다. 신입사원 때부터 과장까지는 능력을 인정받았다. 자신도 업무를 잘했기에 당당했다. 상사들에게 입바른 소리도 가끔 했다. 승진도 다른 동기들보다 빨랐다. 시간이 흘러 부장이 되었다.

　몇 년 전 지인을 카페에서 만난 적 있다. 당시 그는 발령을 기다리고 있었다. 타 회사와 합병문제로 회사에서는 전보, 승진, 해고 등 모든 발령이 미루어지고 있었다. 아무것도 확정되지 않고, 특별한 일도 주어지지 않는 대기상태였다. 그는 그동안 내가 보아왔던 모습이 아니었다. 2~3분마다 스마트폰을 꺼내서 보았다. 몹시 불안해했다. 그러면서 자신이 그동안 참여했던 프로젝트를 스마트폰으로 나에게 보여주었다. 자신이 이 조직에 얼마나 헌신했는지를 알리고 싶어 했다. 우리는 대화가 되지 않았다. 그의 신경은 온통 스마트폰에만 있었다. 그는 불안을 감추려했지만, 모든 행동에서 불안이 보였다.

　'발령이 계속적으로 미루어지다가 발령 나지 않은 사람들을 모두 해고조치하면 어떡하지?'

　그때 스마트폰이 울렸다. 군대 행정반에서 신병이 장군에게 걸려온 전화를 받듯이 우렁차게 받았다. 그리고 헐레벌떡 일어

남과 동시에 나에게 미안하다는 말을 하고 회사로 들어갔다.

그는 아직도 열심히 생활하고 있다. 이제는 더 이상 임원 진급을 바라지 않았다. 임원이 되어 실적이 없으면 바로 해고 되기 때문이다. 그에게 신입 때와 같은 당당함은 없다. 자신의 색깔도 없다. 회사를 경멸하지만, 회사에 조금이라도 더 머물 고 싶은 욕망뿐이었다.

어떤 회사에 입사했을 때였다. 타부서 팀장은 내가 제대로 된 기획안을 작성하지 못하도록 방해했다. 나에게 공유할 자 료를 철저하게 숨겼다. 당시에는 참 황당했다. 웃지 못할 기억 이다. 그를 그렇게 만든 것은 불안함 때문일 것이다. 회사가 잘 되기를 바라는 것이 아니라, 자신의 밥그릇만 지키고 싶은 것 이다. 이런 그가 상사에게 잘 보이기 위해 머리 위로 손을 올려 하트모양을 만들며 '대표님 사랑해요' 라는 동영상을 만드는 것을 보았다. 헛웃음이 터졌다.

그들은 상사가 내린 부당한 업무, 상사가 내뱉는 모멸적인 지시와 개인평가에 대해 논할 수 없다. 그것은 마치 노예가 계 급체계에 대해 반박하지 못하는 것과 같다. 그들은 까라면 까 야했다. 상사가 하는 말과 업무지시는 그냥 정답이다. 그들에게 상사의 명령은 신의 명령이다.

그들은 자신이 누군지 모른다. 그냥 회사의 과장이고, 차장이고, 부장이고, 이사다. 그렇게 되고 싶지는 않았다.

워크숍은 왜 하는 걸까

정말 쪽팔려 죽는 줄 알았다. 회사 내부 인테리어가 어두웠다. 뿐만 아니라 조명도 어두침침했다. 사내문화 분위기도 전반적으로 침울했다. 당연히 직원들도 밝지 않았다. 전체적으로 어두웠다. 회사 분위기가 70~80년대의 윽박지르는 문화였다. 오너가 있는 회장실로 가는 복도는 조용하다 못해 공포분위기였다. 권위적 문화가 팽배했다. 윗사람이 말하면 항상 '네 알겠습니다.'로 답해야했다. 상사가 말하면 찍소리하지 않고 해야 했다.

사무실에서 업무를 하다가 회장이나 대표가 오면 전 직원이 벌떡 일어나서 '안녕하십니까!' 를 외쳐야했다. 회사경험이 20년 정도 되지만 이런 분위기는 처음이었다. 손님과 이야기하고 있을 때 회장이나 대표가 와도 일어나야 했다. 그때 손님에게 조금 미안했다.

회사가 한번은 1박 2일 워크숍을 서울근교로 갔다. 창사 이래 첫 워크숍이라고 했다. 실적이 전년보다 부진했고, 새롭게 입사한 사람들이 많았다. 직원의 입사와 퇴사가 빈번했다. 부서간 커뮤니케이션이 잘 되지 않아 누가 누군지 잘 몰랐다. 그래서 회사는 화이팅하는 분위기를 만들고 싶었다. 대부분의 직원들은 가고 싶어하지 않았다.

하룻밤을 잔다는 것도 부담스러웠다. 나름 화목한 분위기의 회사들도 1박을 해야 한다면 참여율이 급격히 떨어진다. 하지만 이 회사는 거의 모든 것이 권위적이었다. 불참하기도 쉽지 않았다. 여직원들은 더 가고 싶어 하지 않았다. 소속팀 직원의 참여가 적으면 팀장들은 엄청나게 깨졌다. 팀장들이 여직원들에게 참여할 것을 독려하고 다독였다.

몇 대의 버스를 나누어 타고 진행 장소에 도착했다. 오후 3시 정도였다. 선발대로 먼저 도착한 홍보팀 팀장께서 마이크도 시험하고 무대연단도 옮기는 등 무대를 세팅하고 있었다. 우리도 같이 도왔다. 오후 4시 정도에 부산, 울산, 마산, 강원, 충청 등 전국지사에서 온 분들도 강당으로 속속 모여들었다.

얼굴에는 들뜬 기대감보다 행사가 빨리 끝났으면 하는 얼굴빛이 역력했다. 또 금요일 오후 업무를 하지 않아도 된다는 홀가분함과 동시에 오늘 하지 않은 업무는 결국은 토요일 오후나 일요일에 본인이 해야 한다는 압박감도 보였다.

참가예정인원이 얼추 강당에 채워졌을 때, 홍보팀 팀장은 연신 분위기를 끌어올리려고 신나는 음악을 틀었다. 간단한 사이키 조명도 번쩍이고 있었다. 하지만 무대의 대형스크린화면에는 끌어올리려는 분위기와는 전혀 어울리지 않는 다음의 멘트가 있었다.

"여러분 환영합니다."
오늘부터 내일까지 워크숍을 진행합니다.
회사의 발전을 위해 열심히 토론하여 좋은 결과물이 나오기를
기대합니다.
○○○○주식회사 홍보팀 일동

그냥 신나게 놀라고 해도 이 조직의 문화를 아는 사람들은

신나게 놀기가 어려웠다. 그런데 회사발전을 위해 열심히 토론해서 좋은 결과물을 내야 한다, 결과물을 인사평가에 반영하기로 했다, 내일 시험을 볼 것이다 등등. 직원들은 기분이 좋을래야 좋을 수가 없었다. 마음속으로 참 한심한 회사라는 생각이 들었다.

오후 4시가 넘어서고 있었고, 아직 대낮이었다. 아무리 어둡게 하고 사이키 조명을 해도 문만 열면 밝은 태양빛이 강당을 확 비추었다. 아무리 봐도 즐거울 수 없는 분위기였다.

분위기가 오르지 않자 홍보팀 팀장은 느닷없이 본 행사 진행 전까지 노래와 춤을 추는 시간을 가겠다고 했다. 직원들은 응답하지 않았다. 그냥 가만히 있었다. 하든지 말든지 알아서 하라는 표정들이었다. 직원들은 자신이 무대에서 노래와 춤을 추게 될까봐 불안해했다. 직원들은 홍보팀장의 눈과 마주치지 않기 위해 고개만 끄덕이고 푹 숙였다. 회사의 권위적 문화 때문에 편하게 이야기할 수도 없었다.

갑자기 이런 분위기에서 편하게 즐기라고 하는 것이 말이 되지 않았다. '신나고 흥겹게 잘 노는 사람에게 한 달치 월급을 보너스로 주겠다', '즐겁게 놀지 못하는 사람은 승진에서 누락시키겠다' 등을 사전공지라도 했으면 즐거운 척이라도 했을 것이다. 물론 이런 생각을 할 수 있는 문화가 아니었다.

홍보팀 팀장은 노래와 춤을 출 사람을 뽑았다. 아무도 손들지 않았다. 강제로 시켜도 절대 하지 않겠다고 고집부렸다. 어쩔 수 없었는지 각 조 조장들이 노래와 춤을 추자고 미션을 변경했다. 6개 조에서 나는 두 번째로 하게 되었다. 첫 번째 팀장은 나가서 노래를 불렀다. 노래를 아주 잘했다. 하지만 분위기는 흥겨워지지 않았다.

다음 차례는 나였다. 나도 노래는 좀 자신이었다. 노래를 준비하고 있었다. 홍보팀장은 분위기를 더 띄워야 한다고 생각했는지 나보고 갑자기 춤을 추라고 했다. 조금 있으면 회장이 도착한다고. 분위기를 최대한 띄우는 것이 자신의 최대 임무라고 생각하는 것 같았다. 나는 당시 많은 사람들 앞에서 노래하는 것도 떨고 있었다. 아니 근데 춤을 추라니. 춤은 20살 전후에 나이트에 몇 번 다녀본 것이 다였다. TV드라마를 보면 스트레스를 풀기 위해 춤추는 곳으로 간다. 그런 장면을 볼 때마다 춤을 추면 스트레스가 풀릴까 하는 의문이 항상 들었던 사람이다. 솔직히 나에게 춤은 스트레스를 쌓이게 하는 행위였다. 나는 춤으로 스트레스 푼다고 하는 사람을 절대 이해 못했다.

하지만 음악은 시작되었고, 직원들은 더욱 조용해졌다. 내 춤을 기대해서 숨죽이고 있는 것이 아니었다. 그냥 빨리 이 시간이 끝나고 숙소로 들어가고 싶은 표정이었고, 또 별 관심 없이 자기 폰만 열심히 보고 있었다. 한마디로 시큰둥했다. 내 가슴은 콩닥거렸다. 춤을 출 줄도 모르고 분위기도 냉랭한 곳에서 춤을 추라니 정말 난감했다.

주변 분위기는 내가 춤을 추지 않아도 손가락질 받을 분위기는 아니었다. 어쩌면 내가 춤을 추면 손가락질 받을 상황이었다. 이유는 직원들은 지금 같은 냉랭한 분위기가 갑자기 흥겨워지고 좋아져서 자신도 어쩔 수 없이 이 분위기에 참여하게 되는 것이 더 두려워 보였다.

또 나와 쭉 같이 생활한 사람들은 내가 절대 춤을 출 사람은 아니라고 확신했고, 또 이런 냉혹한 분위기에서 춤을 출 사람은 더더욱 아니라고 생각했던 것 같다. 하지만 나는 지금 쓰고 있는 글의 소재를 만들려고 그랬는지 무대 중앙에서 몸을 흔들었다.

아뿔싸.

내 춤은 막춤도 아니었다. 막춤은 사람들에게 웃음을 선사한다. 완전한 막춤이라면 직원들은 볼만했을 것이다. 하지만 나의 춤은 엉거주춤하면서 그냥 흔들었다. 몸을 흔들면서도 느꼈다.

'아 어색하구나!'

그러면서 무대 밑의 직원들을 보았다. 나보다 더 어색해하고 있었다. 얼굴을 들지 못했다. 음악은 1절이 끝나가고 있었다. 조금만 참으면 내려갈 수 있다고 생각했다. 아마 나보다 직원들이 1절에서 끝나기를 더 간절히 바라는 느낌이었다. 1절이 거의 끝나가기에 내려오려고 했다. 하지만 홍보팀장은 2절까지 음악을 틀었고 나를 다시 올려세웠다. 무대에서 실랑이하는 것이 더 어색하다고 생각했기에 그냥 계속 몸을 흔들었다. 흥겨운 음악 속에서 참혹한 5분이 끝났다.

화장실 거울에 비친 내 얼굴을 쳐다보았다. 아직 창피한 여운이 얼굴에 남아 있었다. 지나가는 여직원들은 나를 보면 자기들이 쑥스러웠는지 먼저 얼굴을 숙였다.

후속 행사에서도 내가 만들었던 어색한 분위기를 넘지 못했다. 내 춤이 최상의 어색함을 만들었다.

평생직장은 없다

　　　　추워도 땀이 난다. 각 부서장은 자기 팀
의 올해 실적과 내년도 예상 수치를 발표한다. 회의실에는 오
너와 대표이사 그리고 임원들이 앉아있다. 자기 순서가 되지
않은 다른 부서의 부서장들은 회의실 근처에서 초조하게 기다
린다. 눈으로 자기부서의 사업계획서를 검토하면서, 귀로는 회
의실 안의 분위기에 온 신경을 곤두세운다.

　긴장한 기색이 역력한 부서장도 많다. 올해 실적이 나쁘거
나 큰 실수를 한 부서는 올해 실적을 발표할 때 고름을 짜는
듯한 고통을 느낀다. 쥐구멍이라도 들어가고 싶은 심정이다.
자신의 차례가 된다. 인사를 하고 발표를 시작한다. 올해 실적
을 발표하는 페이지가 된다.

　"목표치에 70%를 달성했습니다."

미안하고 자신 없는 말투로 발표한다. 이유를 설명한다.

"국내의 어려운 경제여건으로 소비수요가 위축되었고, 개발팀에서 새로운 신상품을 제때 런칭 하지 못했기 때문입니다."

몇 초간 침묵이 흐른다. 그리고 경영진은 질문과 비평을 쏟아낸다.

"그럼 다른 팀도 달성하지 못했어야 합니다. 하지만 2팀은 달성했어요."

다시 부서장은 답변한다.

"그건….'

"자, 그만하고 말도 안 되는 핑계대지 마세요. 최소한 당신들 월급 이상은 해야 하지 않습니까?"

분위기는 냉혹하다. 날씨는 추운 겨울인데 식은땀이 살짝 난다. 부서장은 내년도 예상실적 페이지로 넘어가고 싶어 한다. 내년에는 반드시 달성하겠다는 의지를 강력하게 피력하고 싶은 거다. 그래야 이 난감한 순간이 모면될 것 같다.

하지만 그것은 오너의 기분에 따라 좌우된다. 기분이 괜찮으면 내년도 예상실적 페이지로 넘어간다. 하지만 기분이 좋지 않으면 발표는 중단된다. 그리고 올해 실적부진에 대한 이유를 정교하게 분석해서 다시 보고하도록 지시한다. 진이 빠져 힘이 없다. 참담한 표정으로 부서장은 자리로 온다. 부서원들은 어떤 일이 있었는지도 모르고 자기들끼리 웃고 있다. 화가 나지만, 화를 내면 이상한 사람처럼 보이고 리더로서 자격이 없는 것 같아 참는다. 바로 밑 차석을 작은 회의실로 부른다. 사업계획 발표할 때 나온 이야기를 전달한다. 실적부진 이유를 정교하게 만들어서 내일 오전 다시 보고하기로 했다. 오늘 저녁 늦게까지 만들어야 한다. 딱 5분 뒤에 팀원 모두가 한숨을 쉰다.

다른 팀은 무사히 끝났다는 소식도 들려온다. 칭찬받았다는 이야기도 들린다. 부서장들은 생각한다. 내가 내년에도 여기에 머무를 수 있을까? 다른 부서장이 승진하면 내가 그 밑에서 일할 수 있을까? 혼란스러운 생각이 머리를 가득 채운다.

12월은 어둡다. 기뻐하는 사람이 없다. 실적평가 때문이다. 평가라는 단어 자체가 부정적 의미다. 아무리 좋은 성적을 냈어도 누가 나를 평가한다고 하면 본능적으로 싫다. 인간은 누구나 자신이 최고라고 생각한다. 의식하지 못할 뿐이다. 자신은 독특한 존재이다. 그래서 평가는 불가능하다고 무의식적으로 생각한다. 회사는 평가를 당연하게 여긴다. 하지만 평가가 당연한 것이 아니다. 혁신기업들 중 평가를 하지 않는 곳도 있다.

평가가 정당화 되려면
선두로 앞서간 사람은 행복해야 한다.
하지만 그도 행복하지 않다.

평가를 한다는 것은 경쟁을 하라는 의미다. 경쟁은 발전의 욕구보다 뒤처지지 않겠다는 부정적 욕구가 우선이다. 평가가 정당화 되려면 선두로 앞서간 사람은 행복해야 한다. 하지만 그도 행복하지 않다. 그는 더 큰 경쟁자와 다른 경쟁에 휩싸이기 때문이다. 평가시기에는 전체적으로 분위기는 다운된다. 좋은 분위기를 찾을 수 없다. 좋은 평가를 받은 사람도 미안한 감정으로 얼굴에 표정을 내보일 수 없다. 그래서 평가시기인 12월과 1월에는 직원들 간 대화도 껄끄러워져 제대로 일을 못하는 경우도 있다.

큰 프로젝트 기획안을 작성하고 최종책임자에게 최종결재를 받는다. 더 이상 수정해서 보고하라는 요청이 없다. 그 순간 밖으로 나간다. 가까운 커피숍 라운지에서 따뜻한 햇살을 받으며 향기로운 커피와 있을 때, 딱 그때 정도가 찰나적 행복한 순간이다. 행복보다는 잠깐의 여유가 생긴 순간이다.

연말연초 평가기간은 우울하다. 몸조심한다. 조금이라도 불확실한 일은 절대 하지 않는다. 실적이 안 좋은 사람들은 조용히 다른 곳을 알아본다. 하지만 다른 곳도 별반 다르지 않다는 것이 문제다.

가시 위에 가만히 누워 있는 꼴

술에 취해 가시덤불에 엎어진다. 잠이 든다. 술에 취해 자고 있어 가시에 찔리는 고통을 모른다. 술이 깨고 눈을 뜨면서 따가운 아픔이 파고든다. 조금만 움직여도 통증은 심해진다. 그래서 가시 위에 가만히 누워 있다.

우리가 불만스럽게 살아가는 현실이다. 지금 너무 힘들다. 하지만 움직이는 것도 너무 불안하다. 더 많은 가시에 찔리는 고통을 느낄 수 있다. 움직일 방법을 찾는 일은 자신의 능력 밖의 일이라고 생각한다. 그렇게 위안한다. 그래서 가시덤불에 가만히 있는다. 예상하지 못했던 상실과 고난으로 상처를 입을까봐.

지치고 힘들지만 익숙한 분위기에서 상황을 통제하고 싶다. 밉지만 친숙한 사람과 장소에서 자기 자리를 파악하고 싶은 것이 인간의 본성이다. 우리는 아무리 지금이 힘들고 지친다고 해도 이곳을 사수하려고 노력한다. 이곳에서는 표면적 위험을 볼 수 있고 촉각 할 수 있기 때문이다. 가시가 오랫동안 살 속에 박혀 있으면 곪는다. 진짜 위험이다.

짧은 생에서 더 많은 무언가를 얻을 수 있다고 아무리 말해도 뛰어내리지 못한다. 어떤 위험이 도사리고 있을지 모르기 때문이다. 아무것도 보이지 않는 펼쳐진 공간에서 우리는 겁을 먹는다. 버려야 할 대상에 더욱 집요하게 매달린다.

친숙하기에 안전하다고 느낀다. 최소한 지금 어디에 있는지는 알 수 있기 때문이다. 밧줄을 놓으면 익숙한 고통과 불행은 없어지지만, 어디에 닿을지 알 수 없게 된다.

바보만이 탈출할 수 있다. 바보는 자신을 다 건다. 그는 가시 찔린 아픔을 모른다. 잊어버린다. 우린 너무 똑똑하다. 우리들의 가장 큰 문제는 어떤 일이 일어나도 움직이지 않고 가만히 웅크리고 있다는 것이다. 자신을 주체할 수 없는 화가 나도 우리는 가만히 있다. 우리가 가장 잘하는 일이 가만히 있는 것

지치고 힘들지만 익숙한 분위기에서
상황을 통제하고 싶다.

이다. 화를 내라고 하는 말이 아니다.

행동을 옮기지 못하는 이유는 남들이 나를 어떻게 생각할지 모르고, 또 더 불행한 사태를 맞을지 모르기 때문이다. 우리는 너무나도 신중하게 한 평생을 살아간다. 순간순간의 충동을 극도로 억누르며 살아간다.

가시덤불에서 나오려면 움직이는 순간 동안은 가시에 찔리는 아픔을 견뎌야 한다. 절벽에서 뛰어내려야 하고, 아래로 떨어지면서 날개를 만들어야 한다.

은행은 숨통이었다. 재무팀이라 은행업무가 많았다. 은행 업무는 팀의 막내직원이 주로 한다. 은행을 가는 것이 창피하기도 했다. 싫었다. 은행가서 출금하고 입금하는 업무가 단순 업무라고 생각되었기 때문이다. 하지만 회사에 있는 것보다는 좋았다. 그래서 여직원이 바쁘다고 하면 내가 일부러 자청해서 갔다. 걸어가면서 경영관련 글을 읽었다. 당시 듣던 강의 자료나 경영칼럼을 인쇄해서 가지고 다녔다. 이 회사에 장기적으로 있기 힘들다고 판단했기에 준비하고 싶었다.

회사에서 열정 없이 보내는 시간은 회사에게도 나에게도 도움이 되지 않는다고 생각했다. 그러면서 이력서를 잡코리아와 인크루트 등을 통해 조용히 지원하고 있었다. 그러던 중 지원한 회사에서 면접을 하자고 연락이 왔다. 그 날은 억지로 은행 갈 일을 만들었다. 그리고 나간 김에 병원도 잠깐 다녀오겠다고 말했다. 면접을 들키기 싫었다. 급히 택시를 타고 면접회사에 갔다. 그리고 면접을 마치고 급히 돌아왔다. 다음날 합격통보를 받았다. 출근 일자도 통보받았다. 이제부터 더 큰 문제가 남아있었다.

어떻게 퇴사의사를 전달해야 하는지?

부장님과 사장님께 무슨 말을 해야 하는지? 아무리 싫었어도 쉽지 않았다. 몇 번의 퇴사통보를 부장님에게 하고 싶었지만 기회를 놓쳤다.

시간은 점점 흘러갔다. 새로운 회사에 출근하기 전에 1주일 정도는 쉬고 싶었다. 그러기 위해서는 3일 안에 퇴사를 통보하고 인수인계를 거쳐야 했다. 2~3일 동안은 아침마다 결심했다. 오늘은 꼭 말하겠다.

아침에 회사에 와서 부장님 얼굴을 보면 또 말이 나오지 않았다. 당시에는 퇴사를 작은 배신행위로 여기는 분위기도 있었다. 그래서 마음속으로 나와 부장님과 또는 회사와 갈등이 생겼으면 하고 바란 적도 있었다. 그 핑계로 과감하게 말하고 싶었다. 하지만 그런 일도 별로 없었다. 지금 생각해보면 없었던 것이 아니었다.

회사를 떠난다고 생각을 하니 모든 사람이 다 좋은 사람으로 보였고 또 측은해 보였다. 그동안 갈등했던 사람들도 나쁜 사람으로 보이지 않았다. 부장님도 좋아 보였다. 사장님도 좋아 보였다. 퇴사를 결심하기 전에는 동기들과 모여 부장과 사장에 대한 욕을 많이 했다. '능력도 없고, 자기 사리사욕만 채운다.' '직원에 대한 복지는 정말 최악의 회사다.' 등.

더 이상 미룰 수 없는 마지막 날이 왔다. 이날까지 퇴사통보를 하지 못하면 새로 입사할 회사와 약속했던 출근날짜를 지키지 못할 수도 있었다.

아침에 출근했는데, 사장님과 마주쳤다.

"정강민, 잘하고 있지?"

"네."

얼떨결에 대답했다. 속으로는 오늘 부장님께 말씀드리고, 사장님께도 말씀드릴 예정이었다. 최소한의 예의라고 생각했다. 근데 평소에는 잘 마주치지 않던 사장님을 만나고 아침에 인사까지 했다. 난감했다.

자리에 앉았다. 부장님이 출근하지 않았다. 당시 부장님은 술을 거의 매일 마셨다. 과장님 통해 연락이 왔다. 병원 갔다가 오후에 출근한다고. 마음속으로 먼저 사장님께 말을 할까도 생각했다. 아니었다. 그건 부장님을 엿 먹이는 행위가 된다. 재직 당시에는 가끔 갈등은 했지만, 마지막 퇴사할 때는 갈등하고 싶지 않았다. 매너 없는 사람으로 보이기 싫었다.

친한 입사 동기한테는 하루 전에 퇴사이야기를 했다. 절대 비밀을 유지해 달라고 부탁했다. 그 입사동기가 점심 전에 내 자리로 와 조용히 담배한대 피우자고 했다. 회사에 말했는지 물었다. 담배를 피우다 다른 부서 사람이 오면 입을 다물었다. 이런 상황을 몇 번 반복하다가 다시 자리로 올라갔다.

점심 후 부장님은 출근했다. 속이 아픈지 행색이 안 좋아 보였다. 생각했다. 나의 이야기가 더 속을 아프게 하겠구나. 당시 부장님은 회사에서 좋은 평가를 받고 있지 않았다. 내가 봤을 때 업무적으로 탁월한 사람은 아니었다. 약간 까칠했지만 술 좋아하고 사람 좋아하는 전형적 직장인이었다. 그런데 내가 퇴사를 한다는 이야기가 알려지면 팀 리더십에도 문제가 있다는 평가를 들을 수도 있었다. 하지만 난 용기를 내야만 했다.

저벅저벅 다가갔다. 떨렸다. 담배를 피우고 있었다. 그 당시는 사무실에서 담배를 피웠다. 여직원들은 아침에 재떨이 비우는 것도 하나의 일이었다. 지금과는 참 많이 달랐다.

"부장님 드릴 말씀이 있습니다."

더 떨렸다. 세상에 태어나 처음으로 하는 퇴사선언이었기 때문이다.

"무슨 이야기?" 하면서 살짝 인상을 썼다. 눈치 백단이 아니라도 동료직원이 "드릴 말씀이 있다."는 것은 거의 99%가 퇴사를 이야기한다고 보면 틀림없다.

퇴
사
통
보

3

퇴사는 두렵다. 불안하고 춥다. 사춘기 시절 부모님과 싸우고 집을 뛰쳐나와 갈 곳을 잃은 기분과 같다. 퇴사는 그만큼 힘든 것이다. 어떤 책에서 본 기억이 있다. 최고의 스트레스 원인 1위가 가족의 죽음, 2위가 실직, 3위가 퇴직, 4위가 이직이라는 것을 본 기억이 있다. 그만큼 힘들다는 이야기다. 자발적이든 비자발적이든 자신의 조직을 뛰쳐나오는 것은 고통이다. 지붕 없는 허허벌판에서 비를 맞아야 하고, 또 새로운 조직에서 자신을 증명해야 하는 압박감은 상당하다.

지금까지 비나 눈으로부터 자신을 보호해주던 지붕을 걷어차는 것은 배신 같은 행위였다. 특히 당시 분위기는 그랬고, 내가 다녔던 회사는 더욱더 그랬다. 만드는 제품이 공공재 성격이었기에 약간 공무원조직 같은 느낌도 있었다.

당시 결심했다. 어떤 곳을 가더라도 더 이상 퇴사하지 않겠다고 결심했다. 퇴사를 이야기하는 것이 쉽지 않아서였다. 이후 나는 몇몇 군데 회사를 퇴사하고 입사를 반복하게 된다. 퇴사를 알리는 것이 처음 할 때처럼 힘들지는 않았다. 그렇다고 결코 즐겁거나 쉬운 일도 아니었다.

퇴사는 우리 인생에서 한번 이상은 필수가 되었다.

어떤 미래학자는 앞으로 우리는 3-5-19로 살게 된다고 했다. 일생동안 3개 이상의 영역, 5개 이상의 직업, 19개 이상의 다른 직무를 경험한다. 단 한 개의 직업으로 평생 살 수 있는 시대는 지났다고 말한다. 미래학자의 예언을 나는 20년 전부터 증명했다. 1999년부터 2016년까지 6개 이상의 직업과 직무를 경험했다. 시쳇말로 조직 부적응자라고 말하는 사람도 있었다.

퇴직과 이직 경험은 힘들었다. 하지만 다수의 아픈 경험이 도움도 되었다. 이런 아픔 경험이 나를 현재에 안주하지 못하게 했다. 계속 불안했기에 무언가를 계속 찾았다. 불안에 떨기만 하지 않았다. 한 줄의 책이라도 보려고 했다. 강의가 있다면 멀리라도 갔다. 나의 불안을 떨쳐줄 무언가를 찾고 싶었기 때문이다.

다시 시작하기엔
이미 늦은 게 아닐까

"인간은 노력하는 한 방황하게 마련이다."

- 니체

아빠 백수야?

"아빠 백수야?"

이 이야기에 살짝 긴장했다. 아들이 백수라는 단어를 알게 되었다. 친구들과 농구하는 운동장에 어떤 아저씨가 있는데, 꼭 백수 같다고 했다.

'아빠는 백수 아니야.'

퇴직 후 도서관을 매일 다닌다. 아침에 7시쯤에 출근해서 밤 9시 이후에 퇴근한다. 양복을 입지 않고 편한 복장으로 아파트를 나올 때는 아직까지 좀 불편하다. 아파트 생활만 했기에 아는 사람도 거의 없다. 하지만 서로 얼굴을 익힌 분들이 있다. 아들의 친구 엄마나 아빠들이다. 마음속으로 '언제쯤 스스로 불편 없이 이들을 볼 수 있을까?' 하는 생각이 든다.

나는 독립적으로 생활한다고 생각한다. 하지만 얼굴만 아는 이웃의 눈치를 본다. 양복이 아닌 편한 복장으로 나오는 나를 어떻게 볼지 걱정한다. 정해진 어떤 곳을 가든지 또는 정기적인 금전적 취득행위를 해야 한다는 압박감이 있다.

지인 중에 금융회사에 다니는 사람이 있다. 그는 지금 자신의 직장생활에 힘들어한다. 내가 보기에는 거의 환멸을 느끼는 것 같다. 하지만 지금의 직장에 목을 맨다. 아이러니다. 다른 방안이 없기 때문이라고 말한다.

힘들어하는 이유가 다른 방안이 없어서도 맞지만, 타인의 시각으로 살고 싶은 욕망이 더 큰 것이 본질적 이유다. 타인의 시각에서 벗어나는 것을 자존심에 상처를 입는 것으로 생각한다. 40대 후반에 직장에서 직위는 대부분 부장급 또는 이사급이다. 주변에 말하기 좋은 직책이다. 부끄럽지 않다. 연봉도 높다. 힘들지만 이런 조건을 포기할 수 없다.

지금의 일은 자신이 하고 싶은 일과는 완전히 동떨어져있다. 아니 자신이 좋아하는 일이 뭔지도 모르고, 찾기 위해 노력한 적도 없다. 노예처럼 눈치만 본다. 하고 싶은 일이 무엇인지, 할 수 있는 일이 무엇인지 묻지도 않는다. 그냥 든든한 밥그릇 하나만 챙기면 된다고 생각한다. 이들과 희망을 이야기하는 것은 죽음을 앞둔 90대 노인에게 마라톤이 건강에 좋다는 것을 제언하는 것과 비슷하다. 아무런 희망을 이야기할 수 없다.

세상에 가장 답답한 것이 있다. 힘든데 다른 방안이 없다고 생각하여 아무런 행동을 못하는 때다. 시간이 갈수록 불안은 점점 더 커지는데도 못 본 체하며 참아야 한다. 포탄이 떨어지고 있는데 한쪽 구석에서 머리만 땅속에 처박고 세상을 외면하고 있는 형국이다.

우리는 왜 타인의 시각에서 벗어나지 못할까.

하루하루 괴로움이
시시때때로 찾아온다

'다시 직장을 들어가야 하는 거 아닌가?'

'지금 내가 하고 있는 것이 정당한가?'

'아들을 학교에 보내지 않으려는 나의 교육관이 적절한가?'

'나중에 아들에게 후회 섞인 말을 듣지 않을까?'

'왜 아내는 돈 벌어오라는 이야기를 하지 않지? 나를 포기
했나?'

괴로운 질문들이 머릿속을 더욱 혼란스럽게 만든다.

나를 뭐라고 설명해야 하나

직장은 방패다. 자신의 정체다. 진짜 모습
이라고 생각한다. 비도 막아준다. 어떤 곳에서 자신을 소개한다.

"○○그룹 재무팀 ○○○부장입니다."

○○그룹은 공부를 잘했구나, 좋은 대학을 졸업했겠구나,
재무팀은 경제나 숫자에 밝겠구나, ○○부장은 나이는 대략 40
대 중반이고, 어느 정도 안정되게 살겠구나. 이렇게 유추한다.

퇴직은 이런 정체성을 한꺼번에 무너뜨린다. 자발적 퇴직
이면 마음속에 범퍼가 조금은 있다. 비자발적 퇴직은 충격흡
수 범퍼가 전혀 없다. 하지만 자발적이든 비자발적이든 충격
은 거의 비슷하다. 퇴직이 주는 혼란스러움의 강도는 상당히
높다. 쓰임 없음, 가치 없음, 할 일 없음 등 혼란을 부추기는
말들이다.

퇴직은 이런 정체성을
한꺼번에 무너뜨린다.

쓰임 없음

가치 없음

할 일 없음

자신을 인정받지 못하고, 주변의 기대에 부응하지 못하고, 사회적으로 성공하지 못해 초조해한다. 한 번에 모든 것을 불식시키기를 원한다. 그래서 우리가 시도하는 또는 만들어내는 것에 더욱 집착하게 된다. 빨리하려고 애쓴다. 하지만 바람대로 되지 않을 때 혼란은 가중된다.

부귀하면 모이고
가난해지면 떠난다

떠난다고 서운해 하지 말자. 아침에 시장이 열리면 사람들이 넘쳐난다. 밤에 시장이 파장하면 사람들은 떠난다. 사람들이 아침을 좋아해서 몰리는 것이 아니라, 살 것이 많기 때문이다. 밤이 싫어 떠나는 것이 아니라, 살 것이 없기 때문이다.

부장이었을 때, 타부서 이사님 한 분과 친했다. 나를 신뢰했다. 당시 이분은 퇴사가 예정되어 있었다. 직장생활에서도 나름 합리적이었다. 직원들도 이분을 이상한 상사로 평가하지 않았다. 이 분도 나름 직원들에게 잘 대해주려고 노력했다. 특히 퇴사하기 한 달 전쯤에는 더욱 따뜻하게 직원들을 대했다. 퇴사하기 이틀 전에 나와 술자리를 했다.

"야, 정부장! 너희 부서 직원들 왜 그러냐? 나 좀 서운하다."

"이사님 왜요?"

그는 이야기를 꺼내다 잠시 멈칫거렸다. 이런 말을 한다는 것이 자존심에 더 많은 상처를 준다고 느낀 것 같았다.

"개인비용정산을 해 달라고 했는데, 내가 가져다준 증빙서류로는 비용정산을 할 수 없다는 거야. 지금까지 계속 그렇게 하지 않았냐고 하니, 그때는 내가 있기 때문에 그냥 했다는 거야."

이제 이사님이 퇴사하니 그렇게 하면 나중에 조사가 나오면 자기들이 소명해야 하기에 어렵다고 했단다. 그러면서 "내가 그동안 얼마나 잘해주었는데…" 좀 서운하다고 하소연했다. 다음날 나는 부서 직원들에게 이사님 비용 정산해 드리라고 했다.

퇴사로 우리는 힘을 잃는다. 그동안 누렸던 것이 자신의 힘이 아니라 회사의 직급이었다는 것을 뼈저리게 실감한다. 그래서 웬만하면 옛날 직원들은 만나지 않는 것이 좋다는 의견도 있다. 옛날처럼 자신에 대한 존경을 표하지 않기에 서운함을 느낀다.

궤도라는 것은 누가 정했나

현재 삶에 지쳐, 삶의 궤도를 바꾸려고 노력할 때가 있다. 다른 궤도를 시도해 본다. 변화를 꿈꾼다면, 다른 궤도여야만 한다. 하지만 너무 오랫동안 그 궤도를 관찰하지 않기를 바란다. 어느 정도 시간이 지났는데도 행동하지 못하면 갈아탈 수 없다. 의사결정을 위해 투여하는 시간이 길어질수록 현재에 머무를 확률이 높아진다. 마음이 움직였다면 변경하는 것이 좋다. 마음이 움직였을 때가 에너지가 가장 많을 때다. 혹시 갈아타다가 영영 우주로 버려질 수 있다. 하지만 버려진 대로 다른 궤도를 돌게 된다.

절
망

　　　　　회사생활 내내 길을 잃었다. 한 번도 찾은
적이 없다. 그냥 헤매고 다녔다. 제대로 칭찬을 들은 적도 별로
없다. 무능한 삶의 표본이었다. 자존심도 강했다. 그래서 옮겨
다녔다. 나를 인정해주는 곳을 찾기 위해서였다.

　　지인들에게는 나의 상사 때문에, 회사가 비전이 없어, 상사
가 또라이라고 비난하면서 이직의 명분을 만들었다. 속으로는
나의 무능을 탓한 적이 많았다. 그런 무능함 때문에 퇴근 후
동네 도서관에서 밤 11시까지 책을 읽었다. 고전을 보면 머리
가 좋아진다는 책을 읽고, 전혀 이해되지 않는 고전 책들을 꾸
역꾸역 본 적도 있다.

　　책 읽는 속도는 또 초등학생 아들보다 느렸다. 무언가 돌파
구가 필요했다. 머리도 나빴고, 조직에서 인정도 못 받고, 굽힐

줄도 모르고, 이런 사연으로 난 책을 읽고, 책을 쓰게 되었다. 당시 퇴직할 때는 정말 내가 어떻게 살아야 하는지, 앞으로 어떻게 될지, 처절한 절망으로 덮여 있었다.

길을
잃었다

길을 찾다가 길을 잃었다. 실망했다. 모자
란 놈이라고 생각했다. 그러면서 또 찾았다. 잃고 찾고를 반복
했다. 찾는 과정만이 진실이었다. 그 과정을 기록했다. 시간이
쌓일수록 어제의 나와 조금씩 달라졌다. 길을 잃어야 한다. 길
을 잃었다는 의미는 길을 갔다는 의미다. 시도했다는 의미다.
노력했다는 의미다.

　가만히 있으면 길을 잃지 않는다. 길을 찾으면 더 이상 논
의가 필요 없다. 하지만 끝끝내 길을 찾지 못할 수도 있다. 실
망하게 될 것이다. 하지만 다시 찾아야 한다. 같은 길을 찾든
지, 아니면 전혀 새로운 길을 찾든지 하게 된다. 조심해야 할
것은 거기에 가만히 서 있는 것이다. 누구나 길 잃은 인생을 살
고 있다. 살아있는 사람들은 길을 계속 찾고, 죽은 사람들만

이 길 찾기를 멈춘다.

"자넨 왜 아버지의 집을 뛰쳐나왔나?"

"불행을 찾기 위해서지요."

『율리시즈』에 나오는 구절이다. 뛰쳐나오지 않으면 인생은 한없이 초라해진다. '뛰쳐나오는' 것이란 분투하는 삶이다. 분투하는 것은 고단함이며 때로는 불행이기도 하다. 그렇지만 안주하고 주저앉은 삶과는 비교될 수 없다. 삶은 초라하고 불완전한 것이기 때문이다. 우리 인생은 목적지가 없다.

사람들은 그냥 어디론가 열심히 계획해서 달려간다고 느낄 뿐이다. 그곳은 원하는 삶이 아닐 확률이 높다. 그렇게 말하지 않을 뿐이다. 그렇게 말하면 그동안의 자신을 부정하는 결과가 되기 때문이다.

안주하고 주저앉고 싶을 것이다. 그러면 인생은 한없이 보잘것 없어진다. 세상의 풍랑 속으로 들어가서 체험해야 한다.

세상에
정답이
어디
있나

"강한 신념이야말로 거짓보다 더 위험한 진리의 적이다." 니체가 한 말이다. 신념은 어려움을 극복하는 데 중요한 가치다. 하지만 신념도 유연해야할 필요가 있다.

일반적으로 생각하는 삶이 정답이 아니다. 정답이라고 생각했던 것도 끊임없이 변한다. 우리가 알고 있는 정답도 불과 몇 년 후에는 변한다. 우리가 특히 굳게 믿어왔던 것이 오답일 확률이 높다. 우리를 규정하는 규범이 항상 옳다고 말할 수 없다. 스스로를 끊임없이 부정해봐야 한다. 당연함을 부정할 수 있어야 유연성이라는 계단에 첫발을 내밀 수 있다.

로마 시대 이후 유럽 지역에서 '고독'이라는 것은 성직자에게만 해당되었다. 불과 100년 전에 여성은 투표하지 못했다. 19세기 목욕은 공공의 장소에서만 하는 것이었다. 목욕이 개

일반적으로 생각하는 삶이
정답이 아니다.

인화된 것은 오래되지 않았다. 우리나라에서도 불과 50년 전만해도 샤워나 목욕은 집단으로 하는 행위였다. 일부를 제외하고 집에 샤워시설은 없었다. 태양이 도는 것이 아니라 지구가 돈다고 말하면 완전 미친 사람으로 취급되었다. 불과 500년 전의 일이다.

임금을 받고 노동력을 제공하는 것도 자본주의가 보급된 300년 밖에 되지 않았다. 인류의 긴 역사를 보면, 인간이 인생 대부분의 시간을 노동에 투입하며 생활하는 상태가 오히려 이상한 상태이다. '비행기가 발명되려면 백만 년에서 천만 년은 걸릴 것이다.' 1903년 뉴욕타임스에 난 기사다. 이 기사가 나가고 몇 주일 후 라이트 형제가 비행기를 띄웠다.

현재 우리가 굳게 믿고 있는 진실들이 있다. 영원할 것이라고 절대 장담하면 안 된다. 지금 현재 인생에서 크나큰 고통을 주고 있는 요소가 장차 먼 미래 아니면 내일 당장 당신에서 따뜻한 결과를 보여줄지도 모른다. 절대적 진실이라고 했던 것도 변한다. 하물며 상대적 상황들은 일순간에 변할 수 있다.

우리가 지금 믿고 있는 상황적 진실이나 신념들에 너무 목매어 있지 말아야 한다. 언제든 변할 수 있다는 유연한 생각은 반드시 가져야 한다. 유연성은 아무나 가질 수 있는 가치가 아니다. 철이 단단해지려면 뜨거운 불에서 달구고 때리고, 또 달구고 때리기를 수백 번 해야 한다. 마찬가지다. 정신적 유연성은 자신의 철학이나 가치관을 세우고 부수기를 수백 번 해야 얻을 수 있는 소중한 가치다.

움켜쥔 고통

엉겅퀴 가시를 살며시 쥐면 가시가 손을 찌른다. 하지만 있는 힘을 다해 움켜쥐면 가시는 먼지가 된다. 고통에는 수동적 고통과 능동적 고통이 있다.

회사의 작은 부품이라는 역할에 만족하고, 자신의 미래를 남의 손에 맡기는 한 고통은 끊임없이 이어진다. 고통은 성장이다. 능동적 고통뿐 아니라 수동적 고통도 성장에 기여한다. 하지만 수동적 고통은 성장보다 절망을 먼저 불러들인다. 성장은 절망에 포위당한다. 서서히 성장을 단념한다. 삶이 졸렬해지지 않으려면 능동적 고통을 취해야 한다.

맹목성이 안정감이다. 하지만 가장 큰 혼
란이다. 〈부산행〉은 좀비 영화다. 맹목성이라는 관점으로 영
화를 보았다. 좀비는 항상 몰려다닌다. 생각 없이 몰려다닌다.
지금하고 있는 행동이나 생각이 맞는지 틀린지 깊은 고민이
없다. 옆에서 그렇게 하니까 나도 한다. 별 어려움 없이 사는
것처럼 보인다.

좀비의 유일한 목표는 자기 주변에 있는 사람들을 자기와
똑같은 좀비로 만들어야 한다는 것밖에 없다. 그것을 위해 자
신을 던진다. 우리 삶도 비슷하다. 어디로 가야 하는지에 대한
고민보다 남들이 가고 있는 길로 자신이 따라가지 못할까봐
더 불안에 떤다. 자신의 맹목성을 주변 사람들이 강력히 따르
기를 원한다. 자신도 주변의 맹목성을 처절하게 따른다.

어떤 사람이 새로운 길을 가려고 하면 안정적이지 않다고 만류한다. 상대를 진정으로 배려하는 것 같다. 실은 자신이 감히 가지 못하는 길을 가는 사람에 대한 질시가 작용한다. 새로운 길을 가겠다는 사람이 나타나면 못마땅해 한다. 자신들이 가고 있는 맹목성에서 벗어나기 때문이다. 우리는 좀비와 거의 비슷하다.

맹목은 그냥 따라 하는 것이다. 남들이 하는 대로 주관이나 원칙 없이 그대로 행동하는 것이다. 맹목적인 방향을 벗어나면 혼란을 느낀다. 자신의 길을 가면 혼란스럽다. 하지만 맹목성에서 벗어나야만 자신의 길이 보인다. 당연히 혼란이 따른다. 그때가 제대로 가고 있는 것이다.

난 어디로 가고 있는 걸까?
내가 가고 있는 이 길이 제대로 된 길일까?
나중에 후회하지 않을까?
사람들은 잘 가고 있는 것 같은데 난 헤매고 있는 게 아닐까?
나중에 밥을 굶게 되면 어떡할까?
난 왜 태어났을까? 난 누구일까? 꼭 내가 누군지 알아야 할까?

　그냥 하루하루 열심히만 살면 되는 게 아닐까?

　도대체 우리가 왜 태어나서 이런 마음고생을 할까?

　하루에도 몇 번씩 이런 생각이 난다. 뭔가에 몰입되어 있지 않은 순간이면, 하는 일이 잘되지 않으면, 혼자 있는 시간에 외로움이 느껴지면, 다들 잘하고 있는 것 같은데 혼자 동떨어진 느낌이 들면, 혼란스럽다면 이런 생각이 난다. 거울을 보면서 몇 가닥의 흰머리가 보이면 이런 생각이 난다.

　'야 흰머리가 보이네. 이 나이 먹도록 별로 이룬 것이 없는데…, 늙어가고 있네.'

　어떤 생물은 몸이 완성되고 나면 자기 뇌를 먹어 없애버린다. 뇌가 하는 기능이 방향성을 잡는 것이기 때문이다. 더 이상 방향성 때문에 고민하고 싶지 않다는 뜻이다.

　결국 뇌는 어디로 가는 것이 정답인가에 대한 질문을 평생 하면서 자신의 존재를 나타낸다. 가장 고등동물인 인간은 어쩔 수 없이 이 질문에 답해야 한다. 그래야 뇌가 우리를 덜 괴롭힌다. 이 질문을 무시하면서 살다 보면 마지막에는 허무감이라는 우리가 감당할 수 없는 감정을 마구 던진다.

어디로 가야 하는지에 대한 고민보다

**남들이 가고 있는 길로 자신이
따라가지 못할까봐**

더 불안에 떤다.

혼란하다는 것은 방향성을 정하지 못했다는 다른 말이다. 아무리 방향성을 정교하게 정했어도 그 안에서는 또 다른 방향을 고민하게 된다. 하지만 이런 큰 방향성조차 설정하지 못하면 맹목성을 따르게 된다. 남들이 하는 대로 하게 된다. 좀비가 된다.

직면해야 할 혼란스러움을 지나치고 무시하면 또 자신의 길을 가지 못하고 맹목성을 따르면 결국엔 허무감을 느끼게 된다. 겪을 때는 겪어야 한다. 그것도 제대로 깊이 겪어야 한다. 겪는 것만이 빠져나오는 유일한 방법이다. 하지만 힘들고 아프고 싫다.

물론 이 혼란스러운 상황을 다른 요인으로 빠르게 대체하면 그 순간은 상쾌하다. 하지만 마음속 혼란의 찌꺼기는 태워지지 않았다. 우리 삶은 모두 한 가지 법칙을 따른다. 사이클이다. 음양이다. 초승달로 시작해서 서서히 둥근달이 만들어진다. 완전히 둥근 보름달이 뜨면 반드시 초승달이 뜨게 된다. 완성되어야 시작된다. 완성되면 죽는다. 죽어야 완성된다. 죽어야 산다. 올라갔다 내렸다를 반복한다. 모든 세상사에 적용

되는 아주 평범한 법칙이다. 하지만 우리가 현실에 적용하지 못하고 있는 중요한 법칙이다.

"죽음을 외면하고 있는 동안에는 자신의 존재에 마음을 쓸 수 없다. 죽음이라는 것을 자각할 수 있느냐 없느냐가 자신의 가능성을 바라보고 살아가는 삶의 방식에 영향을 준다."고 하이데거는 말한다. 우리는 언제가 죽는다. 이걸 아는데 대충 산다.

생각보다 우리의 삶은 훨씬 짧다. 우리는 단명 한다. 수백억 년의 우주생성과 소멸과 우주의 크기와 생물탄생을 관찰해보면 우리 인간의 삶은 하찮은 하루살이의 삶보다 짧다. 똑딱도 아니다. 똑딱의 백만분의 1도 안 되는 삶이다.

짧기에 그냥 남들만큼만 살면 될까. 아니다. 짧기에 자신만의 방식대로 살아야 한다. 매일매일이 마지막 날인 것처럼 살아야 한다. 자신의 존재의의를 고민해야 한다. 잘사는 유일한 방법이다. 맹목적으로 남들처럼 사는 것이 즐겁다면 그렇게 살면 된다. 하지만 그런 삶에는 항상 허무감이 한 트럭으로 밀려온다. 그 허무감을 삭제하기 위해서는 자신을 찾아야 한다.

맹목적 삶이 우리에게 주는 것은 순간적 안정감이다. 시간이 조금만 지나면 허무함이 밀려온다. 맹목적인 삶을 추구하면 안 된다. 우리가 태어난 이유는 성장하기 위해서다. 그게 우리가 사는 목적이다.

성장한다는 것은 타인들과는 다른 생각을 할 수 있어야 한다는 것이다. 그것이 행복이다. 당신이 지금 괴롭다면 이유는 단 한가지다. 타인들과 비슷한 생각을 하고 비슷한 느낌으로 살고 있는데, 그들보다 비교우위에서 뒤떨어진다고 느끼기 때문이다. 맹목적으로 살고 있는 사람 중에 타인들보다 비교우위에 있다고 생각하는 사람은 없다.

돈 많은 부자도 마찬가지다. 맹목적인 삶의 특징이다. 아무리 좋게 보려고 해도 좋아 보이지 않은 맹목적 삶을 굳이 고집할 것인가? 아니면 좀비 틈에서 튀어나와 그들과 달라질 것을 결심할 것인가?

세상에서 인정받고, 돈을 벌고, 명성을 얻은 사람들은 한가지 분명한 것이 있다. 주변 사람들과는 분명히 달랐다는 것이다. 타인들과 다른 삶을 살기위해 노력했던 사람들이 더 안정적이었다. 더 행복했다.

지금이 가장
중요한 시기다?

"지금이 가장 중요한 시기다."

사는 동안 참 많이 들었던 말이다. 지금은 절대 동의하지 않는다. 이 말에는 절대 변화하지 말아야 한다는 의미가 내포되어 있다. 중요하니 다른 데 눈 돌리지 말고, 현재하고 있는 것을 안정적으로 하라는 의미다.

또 끊임없이 스스로 속박하는 역할도 한다.

"지금이 중요하니 더 공부시켜야 한다."
"지금이 중요하니 다른 행위를 해서는 안 된다."
"지금이 중요하니 안전한 곳에서 머물러라."

주로 이런 의미가 담겨있다.

한마디로 지금 하고 있는 일에서 한눈 팔지 말고, 다른 생각일랑 하지 말고, 자리를 잘 지켜내라는 말이다.

"초등학교 입학 전에 한글 마스터해야해."
"초등학교 4학년 때 대학이 결정된다."
"5~6학년 때 인생이 결정된다."

지인들과 술자리에서 주로 했던 대화내용이다. 초등학교 자녀에 대한 인생예측에 관한 내용이다. 초등학교생활이 얼마나 중요한지를 강조하는 말이다. 이런 말을 들을 때 대꾸한다. "그렇게 애들을 선행 학습시켜 얼마나 행복하고 성공하는지 지켜보자"며 화를 낸다.

"고등학교 1학년 시기가 가장 중요하다. 이때 기본을 해놓지 않으면 끝이다."
"고등학교 2학년 시기는 대학을 입학하려는 사람에게는 마지막 시간이다. 3학년 때는 이미 늦었다."
"고등학교 3학년 이 마지막 1년이 너희들 인생에서 가장 중요한 시기다. 초등학교 1학년부터 고등학교 2학년까지 아무

그럼 언제가

조금이라도 덜 중요해?

렇게나 살았어도 상관없다."

"어디에서 시작하는 지가 정말 중요해. 첫 번째 취업하는 곳이 인생방향을 결정해."

"29살 정말 중요한 시기다. 20대 마지막이기 때문에."

"35살 정말 중요한 시기다. 30대 후반으로 넘어가기 때문에."

"40살 진짜 중요한 시기다. 후반전이다. 이때 실패하면 만회할 기회조차 없다."

"50살 중요하다. 안정되어야 하는 시기다. 그렇지 않으면 그냥 인생 끝난다."

살아오면서 주변 사람들에게 주로 듣던 이야기다. 아직 50은 안 되었기에 마지막 문장은 추정이다. 하지만 그렇게 말하고 있을 것이다. 우리 인생에서 중요하지 않은 시기는 없었다. 그럴 때마다 "그럼 언제가 조금이라도 덜 중요해?" 라는 질문을 마음속으로 항상 했다.

일반적으로 중요한 시기라고 말하는 밑바탕에는 '금전적 성공'을 의미한다. '성장'을 말하는 것이 아니다. 성장을 말한다면 죽을 때까지 새로운 것을 배우고 실패해야 한다. 그래야 성장하는 것이기 때문이다.

여기서 중요한 시기는 단지 경제적 부를 말한다. 이때 하지 못하면 부를 축적하지 못하고 밀려난다. 아이에게는 영원히 꼴찌가 된다는 의미다. 그리고 어른들에게는 평생 빌빌거리며 산다는 뜻이다.

자, 다시 생각해보자. 우리는 중요한 시기를 잘 보내어 지금 행복한가? 대부분은 행복하지 않고 부의 축적도 미비하다. 실제로 '성공'보다 '성장'을 목표했던 사람들이 엄청난 부를 일군다.

성장을 목표로 하면 하루하루 보람 있게 살 수 있다. 경영 구루인 피터 드러커는 '나의 전성기는 60세부터 90세까지 30년이었다'고 말했다. 성장을 목표한다면 이 말이 정답이다.

성공과 경쟁이라는 소용돌이에 말려들면 눈앞에 아무것도 보이지 않는다. 마치 지금 이것을 하지 않으면 큰일이라도 날 것 같은 일종의 강박관념에 휩싸이게 된다. 그래서 스스로를 옥죄고, 타박하고, 정신적으로 죽이게 된다. 성장을 목표로 살아야 한다. 지금보다 60세 이후가 더 빛나는 분야에서 매일매일 실패하며 살아야 한다. 이것이 성장하는 길이다.

비
효
율
선
언

흐릿함을 품어야 된다. 품는 시간에 따라 우리의 크기가 결정된다. 흐릿함을 가슴에 얼마나 오랫동안 품고 있는가. 우리는 명료하게 살기 위해 모든 수단과 방법을 동원했다. 어릴 때부터 지금까지 공부하고, 결혼하고, 아기 낳고, 뼈 빠지게 일도 했다.

삶이 명확해졌는가? 아닐 것이다. 앞으로도 명확해지지 않는다. 다른 이를 보면 무언가를 뚜렷하고 분명하게 잘하고 있는 것처럼 보인다. 절대 아니다. 모두가 흐릿한 상태다.

사춘기 때는 20살이 넘으면 안정될 거라 생각했고, 20대에는 30살이 넘고 결혼을 하면 안정될 거라 생각했고, 30대는 40대가 되면 지금보다는 편할 거라 생각했지만 혼란스러움은 더욱 가중되었다. 우리 인생에서 미래예측은 쉽지 않다.

인간의 눈으로 똑똑히 볼 수 있는 것은 단지 3미터 안에 있는 것뿐이다. 현미경으로 당신 손을 보고 나면 득실거리던 세균 덩어리가 떠올라 손으로 빵을 들고 먹지 못할 것이다. 우리가 명확하다고 확신할 수 있는 것은 거의 없다. 명확한 것은 당신이 볼 수 있는 것이 거의 없다는 사실 뿐이다.

모호하고 흐릿한 순간을 견디어 보자. 답답하기에 빨리 떨쳐내고 싶은 마음이 들 것이다. 하지만 품고 있다 보면 환함을 느낄 수 있다. 명료한 삶을 산다고 말하는 사람도 있다. 스스로 속고 있다. 자신을 돌아보지 못하고 있다. 아무 생각 없이 달리고 있는 것이다. 별 고민이 없다는 말이다. 고민하는 것만이 명료함이다.

'효율 추구의 비효율화', 효율을 추구하다 보면 비효율화된다. 불행이 시작된다. 피폐해진다. 효율화의 근원은 자본주의에서 기인한다. 농경시대는 씨를 뿌리고 1년이라는 시간을 기다려야 했다. 이때 벼가 더 빨리 자라기를 기원하지 않는다.

효율화 추구에는 맹점이 있다. 오래됨과 오래함의 가치가 상실된다. 효율을 생각할수록 행복해지지 않는다. 초조해지기 때문이다. 스스로를 닦달하기 때문이다. 이렇게 질문하는 사람도 있다. 그렇게 닦달해야 성장한다고 말이다. 일면 맞는 말이다. 하지만 초조해하면서 이루는 성장은 성장이 아니다. 행복하지 않기 때문이다. 결과만을 중시하게 된다. 과정을 무시하게 된다. 그게 지금 우리가 살고 있는 현 세계이다.

우리는 효율을 추구한다. 자신이 하는 일이 비효율적이라고 느끼면 짜증이 난다. 효율추구는 적은 비용으로 최대의 효과를 내고 싶은 거다. 왜 그럴까? 더 앞서나가고 싶고, 자신의 에너지를 절약하고 싶은 욕구다. 더 앞서간다는 것은 조급함의 결과다. 조급하다는 것은 즐겁지 않다는 의미다. 효율추구는 즐거움을 배제하고 앞서나간다는 의미가 숨어있다.

효율을 추구해서 결과를 얻는다고 해도 결국 즐거움은 없다. 그 과정에서 얻은 것은 스트레스다. 다시는 하고 싶지 않다는 생각이 들 수 있다. 비효율추구는 느리게 가겠다고 결심하는 것이다. 결과물이 보이지 않아도 걸어간다. 기적을 일으키는 몇 개의 단어가 있다. 그 중 하나가 '결과에 상관없이'다. 결과에 관계없이 행하는 것이다. 초연히, 무심히, 힘을 빼고, 실행하는 것이다.

노력을 투입했는데도 결과물이 없는 것은 이 우주에 없다. 바라는 결과물이 바라는 시점에 안 나타났을 뿐이다. 분명히 어떤 형태나 어떤 시점에는 반드시 나타난다. 우주의 원리다. 하지만 우리는 결과물이 예상되지 않으면 포기한다.

하지만 남들이 포기할 때에도 자신의 길을 천천히 뚜벅뚜벅 걸어가는 사람들이 있다. 그들은 비효율에 상관하지 않는 사람들이다. 이들은 비효율의 엄청난 폭발력을 안다. 그들은 반드시 크게 폭발한다. 주변에 이런 사람이 있으면 지금 사인을 받아두면 좋다. 나중에는 가까운 곳에서는 보지 못할 엄청난 인물이다.

포기하는 사람들의 대부분은 효율을 추구했던 사람이다. 자신의 기대수준보다 결과가 나오지 않았기에 포기한다. 비효율을 기대했던 사람들은 꾸준히 갈 수 있다. 그리고 세상은 정직하다. 비효율이라고 생각하면서 투여했던 노력은 절대 어디로 도망가지 않는다.

오늘부터 비효율을 선언해보자. 반드시 행복해진다. 가야할 길이라고 확신했다면 비효율을 목표해야 한다. 그래야 장기적으로 갈 수 있다. 하지만 이 글을 쓰고 있는 나도 효율을 생각한다. 아이러니다. 하지만 인식했기에 덜 조급하다. 효율적이지 않더라도 견딜 수 있다. 비효율이 계속될 때 처음에는 스트레스가 상당했다. 지금은 나아가고 있다는 인식을 하게 되었다. 스트레스도 결국 효율적이지 못한 자신의 학대다.

진심으로 큰 성과를 올리고 싶다면 '효율'을 없애보자. 지금의 자신이 나아가고 있는 길이 '처음부터 가야 했던 길이었는지' 만 살피면 된다. 효율화는 지금보다 약 2~3배 정도 잘하는 것이다. 100배의 성과를 올릴 수는 없다. 자전거를 아무리 효율적으로 빨리 달려도 비행기처럼 날아갈 수는 없다.

'지금의 방법을 효율화시킬 수 있을까?' 보다 먼저 '지금도 정말로 이것을 위해 힘쓸 가치가 있는가?', '죽을 때까지 할 수 있는 일인가?' 를 질문해야 한다. 이 질문에 답만 할 수 있다면 큰 성과는 자명하다. 느려 보이지만 절대 느리지 않다. 가장 빠른 길이다.

100

살다 보면
욕먹을 때도 있지

　"난 욕먹기 싫어하는 성격이잖아. 너희들
도 잘 알잖아."

　50대 초반 아주머니 다섯 분이 식당에서 이야기하고 있다.
한 아주머니가 시부모와의 갈등을 말하고 있다. 이혼까지도
결심했다고 한다. 결국 남편이 어머니를 설득하여 손을 내밀게
했고, 자신은 마지못해 손을 잡았다고 한다. 현재는 갈등문제
를 그냥 얇은 종이로 덮어 놓은 상태라고 한다. 바람이 살짝만
불면 덮어 놓은 종이는 날아갈 것이며, 본인도 날아가고 싶다
고 한다. 미봉책이라며 진지하게 말한다.

　"난 욕먹기도 또 욕하기도 싫어하는 성격인데, 시부모에게
욕먹고, 너희한테 시부모 욕한다. 이런 내 자신이 싫다."

　누구나 욕먹는 것을 싫어한다. 좋아하는 사람은 없다. 아

바람이 살짝만 불면
덮어 놓은 종이는
날아갈 것이며,

본인도
날아가고
싶다고 한다.

마 아주머니는 남에게 피해를 끼치는 것을 극도로 싫어한다는 것을 강조하고 싶었던 것 같다.

욕먹는 것은 쉽지 않다. 욕을 먹으려면 자신의 의견을 적극적으로 내세워야 한다. 자신을 드러내야 한다. 평범한 우리는 욕을 먹고 싶어도 못 먹는다. 자신을 내세우지 못하기 때문이다.

우리가 받는 스트레스의 많은 부분이 자신의 의견을 내세우지 못해서 생긴다. 상사에게 깨질 때 자신이 하고 싶은 말을 못한다. 집에 와서 그 순간을 복귀한다. 그리고 그때 이렇게 받아쳤어야 했는데, 하며 분해한다. 다음날에도 우리는 의견을 제시하지 못한다. 쫓겨날 것이 두렵고, 예의 없게 보이는 것이 두렵기 때문이다. 그렇게 우리는 절망한다.

상사에게든, 시부모에게든, 아버지에게든 우리는 의견을 피력해야 한다. 서로 부딪쳐 깨질 수 있다. 하지만 그런 상태가 되지 않으면 우리는 서서히 단념한다. 이런 상태에서는 아무런 에너지도 발생하지 않는다. 서로 깨져야 봉합을 고민한다. 에너지가 발생한다.

사업을 해 성공을 하고, 책을 내고, 강의를 하고, TV에 나오고, 인터뷰를 하는 등 모든 행위에도 욕은 따라 다닌다. 자신을 따르는 사람이 많을수록 격하게 욕하는 사람도 늘어난다. 1/3법칙을 기억하면 좋다. 어떤 행위를 하면 당신을 따르는 사람이 1/3이고, 중립적 의견이 1/3이고, 욕하는 사람이 1/3이다. 욕하는 1/3에 당신의 에너지를 투여하는 것은 낭비다.

평생 욕먹지 않겠다고 결심하는 것은 평생 아무것도 하지 않겠다는 말이다. 욕을 일부러 먹을 필요는 없다. 하지만 욕먹는 것이 두려우면 아무것도 시도하지 못한다. 시도하고, 도전하고, 떠들고, 다른 사람들과 다르게 행동하고, 자신의 의견을 당당히 내고, 타인의견에 두려움 없이 대응하고, 이런 일련의 과정이 있어야 욕을 먹는다. 아마 우리들 대부분은 평생 욕다운 욕을 먹은 적이 없다. 무언가를 결단하고 시도한 적이 없기 때문이다.

그만두고 그 다음은

　　　　　우리를 두렵게 하는 원인 중 하나는 소속
감이 없는 거다. 요즘 친구들 중 퇴직에 대한 두려움을 소호하
는 이들이 많다. 퇴직은 누구나 두려워한다. 결국은 소속 없는
두려움일거다. 지금 내 나이는 퇴직해도 크게 이상한 나이는
아니다. 하지만 퇴직을 경험해 보지 못한 사람들은 엄청나게
두려워한다. 몇 번 경험이 있다고 해도 두렵기는 마찬가지다.

　　두려움을 없애려면 의식을 변화시켜야 한다. 의식변화는
자신을 관찰하고, 읽고, 쓰고, 통찰하고, 개조하고, 자신만의
특질을 찾아야 한다. 자신의 특질에 대해 조금만 알아도 두려
움이 많이 없어진다. 자신을 알기 위해서는 의식을 변화시켜야
한다고 쉽게 글은 쓰고 있지만, 그 작은 변화라도 엄청난 노력
이 있어야 한다.

퇴직공포를 애써 감추는 이들도 있다. 하지만 그들 말투와 행동에서 두려움이 확실히 보인다. 우리 모두는 퇴직공포를 반드시 겪는다. 어쩔 수 없다. 두려움을 제거하는 쉬운 방법이 있다. 책을 보는 것이다. 말은 쉽지만 행위는 어렵다. 너무 성의 없게 보인다고 말할 수 있다. 하지만 정답이다. 읽으면서 자신을 돌아보고, 자신에게 느꼈던 것을 쓰고, 또 생각해야 한다. 이런 과정이 반복되면 변한다. 확실하다. 나는 독서하면서 변했고, 나를 조금씩 알아가고 있다.

난 회사에서 잘린 경험이 몇 번 있다. 잘릴 때마다 힘들었다. 두려웠다. 한번은 가족도 알았지만, 다음날 아침에 매일 하던 그대로 지하철역으로 갔던 적도 있다. 갈 곳은 없었지만 평소처럼 갔다. 그리고 생각했다.

'아 나중에 나이 들어 잘리면 이렇게 되겠구나.'

정말 갈 데가 없었다. 그냥 돌아다녔다. 그때 답답하고 비참했다. 아니 지금 생각해보면 약했다. 이유는 나의 의식이 변화하지 않아 내가 누군지를 잘 몰랐기 때문이다.

나의 의식은 지금은 살짝 변했다. 그래서 이렇게 도서관에서 책을 읽고 쓰고 있다. 참 괜찮다. 하지만 지금 당장 돈벌이에 대한 걱정은 있다. 하지만 자신감도 있다. 시간이 지나면 지날수록 나는 점점 성장할 거라는 게 보인다. 나의 전성기는 아직 오지 않았다.

나이 들수록 기하급수적으로 나는 발전할 것으로 믿는다. 그게 보이니 자신감이 생긴다. 가장 좋은 직업은 시간이 갈수록 내공이 쌓이고, 사람들에게 존경받는 직업이다. 나이와 관계없이 점점 성장할 수 있는 직업 말이다. 내가 이렇게 의식이 조금이라도 변하게 된 것은 해고당하는 절망을 느꼈기 때문이다. 그 절망 때문에 희망을 계속 찾았다.

계속된 한숨 소리가 들린다. 내 뒷자리에 있는 청년이 시험공부를 하며 인터넷 강의를 듣고 있다. 그런 와중에 가끔씩 "아휴~"하는 조그만 신음소리가 들린다. 무언가 자기 뜻대로 되지 않는다는 이야기다. 힘들다는 이야기다. 청년은 지금 나아가고 있다. 저런 과정은 나아가고 있다는 증거다.

아무런 고통 없이 나아갈 수 없다. 한숨 소리 한번 내지 않고 나아갈 수 없다. 한숨이 나오지 않으면 지금 성장하고 있지 않다는 의미다. 휴게실에서 친구와 통화하면서 한숨 소리와 함께 "와 정말 미치겠다. 잘 안 된다." 등의 말이 나온다. 조금씩 나아가고 있는 증거다. 절대로 이 과정이 생략되면서 성장한 사람은 없다. 진실이다. 한숨 소리의 본질은 시간은 촉박한데, 진도가 나가지 않는다, 이해가 되지 않는다, 생각보다 어렵다는 의미다.

한숨 소리가 당신을 지키고 있다. 노력하기 때문에 한숨과 신음이 나온다. 노력하지 않으면 사람은 한숨이 무엇인지도 모른다. 살다보면 만사가 귀찮고 모두 포기하고 싶은 생각이 들 때가 있다. 그런 허무함이 찾아오는 순간 당신을 지켜주는 것은 지쳐 쓰러지며 내는 한숨이다.

선택한 행위에 위험이 없으면, 그 행위의 성공 확률이 높지 않다. 희망이 현실이 되기 위해서는 절망의 한 가운데에서 그 절망스러운 에너지를 집약해야 한다. 과정에서 생기는 두려움을 에너지로 전환시켜야 한다.

삶에서 가출을 시도해야 한다.

꿈을 찾지 못하면 원망할 사람을 찾는다

"무사태평으로 보이는 사람들도 마음속 깊은 곳을 두드려보면 어딘가 슬픈 소리가 난다." 야마무라 오사무의 《천천히 읽기를 권함》에 나오는 이야기다.

타인이 보기에는 평범한 일상이지만, 스스로에게는 지옥일 수 있다. 겉으로 보기에는 평범하지만, 그 안에는 엄청난 사건이 도사리고 있다. 인생은 우연에 좌우되는 불안정한 것이다. 운명은 정해지지 않았다.

가장 견디기 힘든 슬픔은 자신이 의지했던 사람 또는 조직에게 철저히 버림받는 고통이다. 그 사람에게 믿고 했던 말들을 회상하고 의심하기 시작한다. '이 또한 지나가리라', 슬픔을 겪고 있는 사람들을 위안하는 문장이다. 하지만 절망에 빠진 사람들은 시간이 지나도 잊혀지지 않을거라 생각한다. 설사

시간이 해결해준다고 믿더라도, 지금 이 순간만은 고통을 겪어야 한다.

돈, 명예, 지위, 가족을 잃고 절망에 빠진다. 잃은 것을 되찾을 수 없다고 생각한다. 그럴 수 있다. 하지만 돈, 명예, 지위, 심지어 가족도 다가 아니라는 것을 믿는다면 서서히 절망의 터널을 빠져나오게 된다. 도움이 필요하면 도와달라고 해야 도와준다. 도와주고 싶게끔 행동해야 도움을 받을 수도 있다. 슬픔, 절망, 분노가 몸 안에 쌓이면 쌓일수록 괴롭다. 인간은 그 감정을 누군가의 탓으로 돌려 배출하고 싶어 한다. 꿈을 찾지 못하면 원망할 사람을 찾는다.

혼란스러움을 껴안다

"초조한 것은 죄다."

\- 카프카

조
급
함

1

갑작스럽게 퇴사를 한 적이 있다. 계획에
없던 퇴직이라 더 불안했다. 초조했다. 빨리 취직해야겠다는
마음으로 하루에 열군데 이상 이력서를 지원한다. 그러다 면
접이 잡히면 그 회사를 검색한다. 홈페이지 상 회사연혁도 2
년 전이 마지막이다. 몇 개월 동안 같은 포지션을 계속 뽑고
있다.

회사가 성장하는 느낌은 없는데 같은 포지션을 지속적으
로 뽑는다는 것은 분명 문제가 있다. 그래도 면접에 응한다.
회사의 분위기는 딱 5분 정도면 파악된다. 직원들의 얼굴에는
옅은 어둠이 보인다. 면접자가 왔는데도 시큰둥하다. 이런 회
사는 거의 죽은 사회로 보면 틀림없다.

울타리를 찾고 싶은 마음에 면접에서는 최선을 다하겠다

불안해서
입사했을
뿐이다.

고 말한다. 언제부터 나올 수 있느냐고 묻는다. 이런 회사들은 대부분 내일 당장 출근하기를 원한다. 1주일 뒤에 출근하겠다고 말한다. 이유를 만든다. 예정에 없었던 가족 여행이나 병원 종합검진 일정이 생긴다. 실질은 다른 곳의 면접 일정 때문이다.

다른 회사에서 연락이 없었다. 1주일 뒤에 입사한다. 회사의 분위기와 모든 여건을 볼 때 이곳은 아니라고 결론을 내렸지만 불안해서 입사했을 뿐이다. 입사 첫 토요일에 회사 전체 직원 산행이 잡혀있었다. 전 직원이 모였다. 산에 올라가기 전에 자기소개도 한다. 열심히 하겠다고 말한다. 진심이 아니기에 마음속은 찜찜하다. 당시 나는 탈출기회만 엿보고 있었다.

입사 후 며칠 뒤에 다른 회사에서 연락이 온다. 면접을 가야 한다. 그런데 입사 후 바로 연차를 쓰는 것은 위험하다. 눈치를 바로 챌 수 있다. 하지만 어떤 핑계를 대더라도 면접을 본다. 합격 통보를 받는다. 딱 3주 만에 회사에 퇴사통보를 했다. 이 회사에는 아무런 정도 들지 않아 미안한 마음만 살짝 있을 뿐이다.

나는 직장생활 18년 동안 재무와 인사업무를 주로 했다. 내가 뽑은 직원들 중에서도 이런 경우가 비일비재했다. 보통

이런 입사자 경우 입사와 퇴사 기간은 길면 한 달이고, 빠르면 2주 정도 다닌다. 입사 후 1주 만에 다른 회사를 가기로 했다면 아예 핸드폰을 꺼놓는 경우가 다반사다.

조급함
2

조급함, 이 단어로 인해 우리의 불행은 시작된다. 친구가 초조해하면 우리는 말한다.

"너무 초조해하지마. 이럴 때 일수록 여유가 필요해!"

우리 자신에게도 이 말을 해야 한다. 초조한 감정을 겪는 사람이 자기가 아니고 친구인 것처럼 여기고 관찰해야 한다. 이 생각에 미치지 못하면 다른 생각으로 전환할 여유를 만들지 못한다. 초조함의 극단까지 달려가 보는 것도 하나의 방법이다. 제시간에 못했을 때 어떤 불이익을 받는지, 그 때문에 모든 것에서 내가 바보가 되는지, 그 때문에 인생이 종료되는지, 그 때문에 죽는지?

아마 절대 그렇지 않을 것이다. 극단을 생각하면서 혼란한 마음을 품겠다고 다짐한다면 초조한 생각이 서서히 멈추는 것을 느낄 수 있다. 초조함은 죄다. 실패다. 성공했다고 해도 실패다. 지금 초조하다면 밖으로 나가 천천히 걸어야 한다.

　우리 인생에서 '조급함'이란 단어만 없앨 수 있다면, 삶의 많은 부분을 스스로 조정할 수 있다. 내일 걱정이 없는 따뜻한 휴가지 파라솔에서 망고주스를 매일 마실 수 있다.

쉬는 것도
행하는 것이다

삶은 모든 것이 과정이다. 너무 많이 들었던 이야기다. 사업을 하든, 책을 쓰든, 무엇을 하든지 마찬가지다. 쉬는 것도 과정이다. 포기하겠다는 마음만 먹지 않는다면 결과를 향해 나아가고 있는 것이다. 쉬는 것을 죄악시하는 사람들이 가끔 있다.

하루에 몇 시간을 책상에 앉아야 한다는 자기 나름의 기준을 지키기 위해 악전고투한다. 이런 행위가 나쁘다고 말하는 것이 절대 아니다. 다만 쉬는 것도 엄청난 행위라는 걸 인식을 해야 한다. 방법이 살짝 다른 것뿐이다. 가슴속에 의문과 결과물만 품고 있으면 행하고 있는 것이다. 그럼 자리에 앉지 않아도 결과물에 당신의 온 힘을 투여하고 있다고 보면 된다.

글을 쓰는 사람은 앉아서 자판을 두들기는 행위만 글을 쓰는 시간인 줄 알았다. 하지만 걷다보면 기발한 문장이 떠오르거나 아이디어가 나온다. 이것은 글을 쓰는데 필요한 너무 소중한 행위다. 가만히 앉아 있으면 절대로 나오지 않는 아이디어가 걷거나 움직이다 보면 떠오른다.

쓰레기를
만들어보려고

쓰레기를 만들 수 있어야 나아간다. 아니 이것을 목표로 세워야 한다. 쓰레기도 만들지 못하는 사람이 대다수다. 완벽함에 눌려 한발도 나가지 못하는 사람들이 많다. 이들은 자의식이 강한 사람들이다. 한두 번 만에 사람들을 홀리기를 원한다. 쓰레기 같은 것을 목표로 세워보자. 쓰레기를 목표로 한다? 혼란스러울 수 있다. 하지만 우리는 어떤 일이든 시작할 수 있다.

쓰레기를 목표로 하는 것도 힘들다. 인간은 잘하고 싶은 욕망으로 똘똘 뭉쳐있다. 욕망에 반하는 행위는 어렵다. 욕망에 반하는 행위를 했다면 한층 성장한다.

양질전환이란 말이 있다. 엄청난 양이 있어야 질이 좋아진다. 엄청난 양을 만들 수 있는 사람은 무엇이든 만들 수 있다.

쓰레기를 목표로 한다?

이것을 하려면 꾸준함이 있어야 한다. 쓰레기를 만들겠다는 목표는 쉽게 시도하게 하여 많은 양을 만들 수 있게 한다. 물론 이것도 지속적 노력이 담보되어야 한다. 모든 재능 중 최고의 재능은 바로 꾸준함이다. 쓰레기를 지속적으로 만들 수 있는 것은 꾸준함과 자신에 대한 신뢰가 있어야 가능하다. 우리는 지금부터 쓰레기를 만들어보자.

흐릿하고, 비효율적이고, 쓰레기 같고, 슬프고, 낮은 곳이 절대로 나쁜 것이 아니다. 지금 실직했다면 흐릿하고, 답답하고, 새롭게 시작하는 것이 비효율적이고, 또 쓰레기 같은 것으로 느껴질 수 있다.

실직하면 돈이 없어지고, 대출금 상황 압박을 받고, 집을 팔아야 하고, 노숙자로 전락하고, 결국은 굶어 죽는다? 실직을 곧바로 죽음으로 연결시키지 않아야 한다. 실직의 위험은 과도하게 부풀려져 있다. 실직으로 인한 위험은 도로에서 운전하는 위험보다 훨씬 작다.

막다른 골목

"이런 썅!"

두려움에 옴짝달싹 못해 답답할 때, 우리가 해야 할 말이다. 이것이 전진의 첫걸음이다.

두려움이 생겼다는 것은 지금 익숙한 습관에 반하는 행동을 한다는 의미다. 불편하고 고된 행동이다. 두렵지만 실행한 일이 있는가? 인생에서 몇 번이라도 있으면 당신은 용기 있는 사람이라고 할 수 있다.

두려움은 누구나 있다. 두려움에 맞서는 사람은 침을 꼴깍 삼키며 소매를 걷는 행위를 하는 사람일 뿐이다. 두려움은 바로 그 일을 시작함으로써 사라진다. 그래야 우리는 나아가게 된다.

124

화분이 날아왔다

화분이 얼굴로 날아왔다. 화분은 벽에 부딪혀 산산조각이 났다. 놀란 여직원이 참담한 표정으로 조각 난 화분과 흙을 쓸어 담았다. 피하지 않았다면 지금 이 글을 쓸 수 없었을 것이다. 그 직후 회사를 나왔다. 정문까지 쫓아 나온 타부서 팀장께서 나를 말렸다.

갑자기 퇴사하게 되었다. 철강회사였다. 아주 거친 조직이 었다. 팀장으로 입사했고, 직속상사는 상무였다. 화분 투척의 주인공이다. 그는 회사의 창단멤버였다. 싸가지가 없었다. 권력을 위해서라면 똥개 흉내를 내라고 해도 할 사람이었다. 나와서 바로 집에 갈 수 없었다. 차에 앉아 몇 시간을 보냈다. 회사 생활에 대해 가장 심각한 고민을 하게 만든 사건이었다.

퇴사 이후 한 달가량을 아침부터 저녁까지 생각만 했다. 큰 충격은 나에게 나를 찾으라고 다그쳤다. 그때 읽은 책이 《시크릿》과 《마인드 파워》 관련 책이었다. 이런 책들의 주제는 마음에 그림을 그리면 우주가 움직여 현실로 나타난다는 것이다. 20권 이상 읽었다. 또 '몰입' 관련 책도 5권 정도 읽었다.

초여름이었다. 내가 무엇을 하면 좋은지? 어떤 일을 해야 하는지? 좋아하는 일이 무엇인지? 하루 종일 생각했다. 정말 하루 종일 생각만 했다. 그냥 몰입했다. 몰입해서 질문에 대한 답을 찾고 싶었다. 이 생각들의 답을 찾다 보니 한여름이 되었다. 무척 더웠다.

아침에 차를 타고 나갔다. 하루 종일 편하게 주차할 수 있는 곳을 찾았다. 낚시터가 있었다. 주차가 무료였다. 더운 여름, 몰입은 계속되었다. 한여름에 장맛비가 엄청나게 내리면 차 문을 열 수 없었다.

문을 닫고 있다 보면 너무 더웠다. 시동을 걸어 에어컨을 잠깐씩 틀었다. 하지만 계속 시동을 켜고 있는 것은 환경오염과 소음 때문에 그럴 수 없었다. 차의 창문을 비가 들어오지 않을 만큼만 열어놓고 계속 생각했다. 이번 기회에 꼭 내가 좋아하는 것을 찾고 싶었다. 다시 직장에 가게 되면 내가 좋아하는 일을 해야 한다고 생각했다.

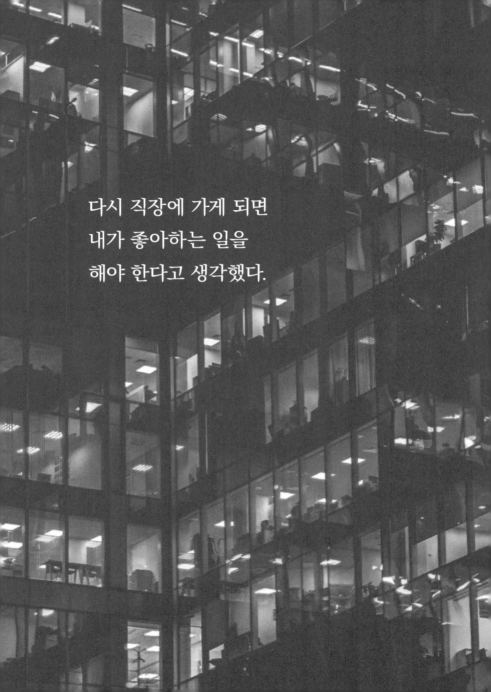

다시 직장에 가게 되면
내가 좋아하는 일을
해야 한다고 생각했다.

한 달 가량 생각이 계속 되면서 몰입체험도 했다. 진짜로 차에서 먹고 가까운 곳에서 볼일 보고 생각만 했다. 명확한 결과를 얻지는 못했지만 생각했던 내용을 연습장에 대충 기록했다. 다 돈 이야기였지만 왠지 모르게 뿌듯했다.

생각과정 중에 내가 실제로 엄청난 부자가 된 것처럼 느끼기도 했다. 성과라고 말하면 처음으로 나를 찾고자 노력했다는 점이다. 단순히 1시간을 생각한 것이 아니었다. 정말 하루 종일 생각했다. 그리고 기록하기 시작했다.

《마인드파워》는 내가 원하는 그림을 사심 없이 계속 생각하면 현실로 나타난다고 주장하는 책이다. 그때 했던 생각들이다. 첫째, 100억을 그렸다. 두 번째, 축구구단주가 됐으면 하고 그렸다. 어릴 때 축구를 해서 그런 생각을 했던 것 같다. 셋째, 여의도에 있는 20억 이상 되는 집으로 이사하는 그림을 그렸다. 마지막으로 슬쩍 생각했던 것이 책에 작은 관심이 있으니 '책을 한번 출간해볼까?'였다.

당시 퇴사와 이직사이에 내가 좋아하는 것을 열심히 찾았다. 내가 원하는 모습의 대부분은 경제적 부의 달성이었다. 목표달성은 실패했다. 쉽게 말해 돈만 있으면 가능한 것들이었다. 뜨거운 여름이 지나 어떤 회사에 입사했다. 또 똑같은 생활은 시작되었다. 이때가 지금으로부터 5년 전이다.

좋아하는 것을 아무리 찾으려고 노력해도, 좋아하는 일을 최종적으로 찾지 못하면 말짱 도루묵이었다. 뭔가를 찾는 노력만으로 스트레스가 없어지지 않았다. 회사생활 자체는 큰 변화 없었고 스트레스였다. 하지만 나를 찾는데 투여한 시간은 헛되지 않았다. 자연스럽게 나는 책쓰기 관련 책을 읽고 있었다. 관련 인터넷사이트와 강의에도 관심을 두기 시작했다. 책을 읽고 나를 찾고 책을 쓰고 출간하면 뭔가를 이룰 수 있을 것 같았다. 독서량이 조금씩 늘어나면서 세상에 대한 자신감이 조금씩 붙기 시작했다. 잘하면 내 이름으로 된 책을 쓸 수도 있겠다는 흥분이 일었다.

나를 찾던 당시 생각을 깊게 하고, 스스로를 인식하려고 노력했다. 기분도 살짝 좋은 상태가 됨을 느꼈다. 깊은 생각은 세라토닌이 분비된다. 생각시간을 가지다 보면 현실 불안감이 불쑥불쑥 몰려오기도 하지만 시간이 갈수록 안정감이 생겼다. 주변은 엄청난 불안과 고통이 휘몰아치고 있었지만, 나는 태풍의 중심인 태풍의 눈에 고요히 앉아있는 것 같았다.

끊임없는 상상만이 인식의 지평을 넓힌다. 매일 충격적인 문장과 만나야 하고, 가끔씩 위협적인 상황과 대면해야 한다. 그리고 매일 질문해야 한다. 내가 누구인지? 왜 사는지? 많이 본 질문일거다. 하지만 쉽게 답하지 못한다. 평생을 찾아도 답을 찾기 어려운 질문이다. 하지만 이런 질문을 하는 사람은 분명 자신의 본질과 가까워져있다. 확신한다. 이유는 자신을 계속 찾기 때문이다. 자신을 찾는 최고의 방법도 결국은 쓰는 것이다.

그때그때의 감정을 기록하고, 누군지를 기록하고, 왜 사는지를 기록해야 한다. 한번 해 보라. 그리고 천천히 호흡하며 기록해보라. 한 달이면 달라진다. 우리는 한 달도 자신을 알려고 노력하며 살지 않았다. 그런 질문은 나중에 대학가서, 취직해서, 결혼해서, 자식이 대학가면 해야 하는 질문으로 남겨놓는다. 어떤 지인은 내게 말한다.

"이런 질문을 하는 사람도 죽고, 멍하니 사는 사람도 죽는다. 어차피 죽는데 뭐하러 그런 머리 아픈 질문을 해야 하나?"

그럴 수 있다. 하지만 이런 질문을 하지 않으면 죽을 때까지 공허하게 살게 된다. 단 한번이라도 기쁨을 누릴 확률이 없다. 세상의 모든 것은 죽는다. 죽음으로 모든 것이 끝난다. 죽음은 허무한 가치다. 그러니 살아있을 동안이라도 허무함을 없애고 살아있는 맛을 누려야 한다.

물론 죽는 것이 열등한 것은 아니다. 죽음과 삶은 동등한 가치다. 죽어야 살기 때문이다. 죽어야만 사는 느낌을 받을 수 있다. 500년을 산다고 하는 뱀파이어의 소원은 죽는 것이라고 한다. 그래야만 현재 살고 있는 이 맛을 알 수 있기 때문이다. 내가 어떻게 살아야 하는지 질문해 보자. 그리고 기록해 보자. 그리고 다시 질문하자.

스스로 변하는 방법 중 최고의 방법은 기록하는 것이다. 쓰는 것이다. 지금의 기분을 표현하는 것이다. 이렇게 하다보면 자신을 쳐다볼 수 있게 된다. 자신을 알게 된다. 우리는 자신을 잘 안다고 자신한다. 근데 정말 모른다. 제대로 보는 법을 모르는데 어떻게 알겠는가. 절대 알 수 없다. 그냥 피상적인 모습만 알고 있다.

기록하다 보면 스스로를 모르고 살았구나! 이런 느낌이 진하게 든다. 처음에는 쓰다보면 '내가 이런 생각을 하고 있다니!' 하며 놀란다. 그리고 내가 지금 하는 생각이 진짜 내 생각인가? 라며 스스로에게 질문도 한다. '이건 내가 기록하기 위해 자의적으로 연출한 것 같다.' 라는 생각이 들 때도 있다. 머릿속에서 생각한 자신의 모습보다 종이에 쓰인 자신의 모습이 더 진짜 모습일 확률이 높다.

우리가 이해하고 인식하는 이야기는 우리의 평소 관심 수준보다 딱 한 단계 위 정도다. 우리가 이해하지 못하는 수준이거나 좀 더 높은 단계라면 그것을 부정하려고 한다. 이해하지 못하면 쓸 수 없다. 그래도 당신이 도저히 이상한 이야기라고 생각하는 것도 종이에 쓸 수 있다면 한 번 써 보아라. 후에 보면 놀란다.

당신의 수준 이상, 우리가 도저히 이해할 수 없는 일은 이 세상에 너무 많이 벌어지고 있다. 당신은 전파를 볼 수 없다. 하지만 전파는 있다. 수십 톤 하는 비행기가 하늘을 나는 것을 설명할 수 있느냐? 쉽지 않다. 하지만 하늘을 날고 있다.

인식을 폭을 넓혀야 받아들인다. 읽고 생각하고 써야만 가능하다. 그럼 당신에게 지금까지 보이지 않았던 많은 일들이 보이기 시작한다. 지금 당장 노트를 펴고 당신 앞에 있는 것과 당신이 생각하는 것을 적어보자. 분명히 보인다.

우리는 우리가 본 것을 모두 상상할 수 있다. 또한 보지 못한 것도 본 것과 결합해서 상상할 수 있다. 하지만 우리가 유일하게 상상하지 못하는 것이 있다. '자신이 존재하지 않는 상태를 상상하는 일이다.' 당신이 존재하지 않는 상태는 당신이 죽어서 관속에 있는 상태를 말하는 것이 아니다. 당신이 태어나지도 않은 상태를 말한다. 상상할 수 있겠는가? 당신이 존재하지 않는 것은 불가능하기에 상상을 할 수 없다. 이런 상상을 계속할 수 있다면 인식의 폭은 넓어진다.

화분을 피했지만 그해 뜨거운 여름은 피할 수 없었다. 나를 찾겠다며 하루 종일 생각했다. 뜨거운 날씨만큼 조직생활에 대한 환멸의 온도는 극에 달했다. 제대로 찾지는 못했지만 책이나 한번 출간해 볼까라는 작은 생각이 나를 여기까지 오게 했다. 화분을 던진 상사를 더 이상 미워하지 않았다. 그 회사의 다른 분들은 그 상사가 하는 만행을 잘 견디면서 살아가고 있다. 나만 그렇지 못했기에 나의 문제일 수 있다. 그때 그 상무가 화분을 던지지 않았다면 한 달 가량 생각만 하는 생활을 하지 않았을 것이다. 너무 큰 혼란이었기에 나를 찾으려고 노력했다. 그리고 졸작이지만 책도 한권 출간하게 되었었다.

제주도 올레길

비가 조금씩 내리고 있었다. 날은 흐렸다. 오후 3시 정도였다. 숲길이었다. 한여름이 살짝 지나고 있었다. 카메라를 천천히 줌아웃했다. 숲의 먼 풍경을 보여주었다. 비가 부슬부슬 내리고 큰 나무들 때문에 낮의 밝음이 차단되어 어두침침했다.

하늘에서 내리는 비와 숲에서 나오는 안개가 섞여 있었다. 안개가 얕게 드리워져 있었다. 인적이 없어 적막했다. 조금 있다가 우비를 입은 여성 한 분이 추적추적 걸어가는 모습이 보였다. 한참 뒤에 또 다른 한 분이 우비를 입지 않고 비를 맞으며 걸어오고 있다. 안경에 빗방울이 송골송골 맺혔다. 조금 있다가 간단한 인터뷰가 나온다. PD가 묻는다.

"혼자 오셨어요? 왜 혼자 그렇게 걸으세요?"

모자의 챙에서 물방울이 뚝뚝 떨어졌다. 어색해하면서 여성분은 대답한다.

"네, 혼자 왔어요. 모르겠어요. 답답해서 서울에서 내려왔어요. 그냥 걸으면 조금이라도 나아질까 해서요."

그리고 비를 맞으며 다시 걸어가는 뒷모습을 가만히 잡아준다. 성우의 목소리가 아련하게 흘러나온다. 제주에서 당신 자신을 찾기 바란다는 내용이었던 것 같다.

평범한 대화내용이었다. 하지만 울림이 있었다. 영상미도 화려하지 않았지만 TV를 보는 사람에게 제주도 올레길을 걸으면 무언가를 얻을 수 있겠다는 느낌을 주었다. 걸으면서 볼 수 있는 숲의 풍경도 축축하고 차분했다. 마음에는 감동이 몰려왔다.

올레길이 생긴 지 얼마 되지 않았을 때 TV에서 올레길에서 만난 사람들이라고 소개하는 프로그램이었다. 숲으로 덮힌 인적이 드문 길을 더운 여름이 지나 가을로 접어들 무렵 부슬비를 맞으며 추적추적 혼자 걷는 모습은 한동안 내 머릿속에서 잊히지 않았다.

네, 혼자 왔어요.

모르겠어요.

답답해서 서울에서 내려왔어요.

권
고
사
직

갑자기 상사가 호출한다. 생각이 움직이기 시작한다. 미진한 업무가 없었는지 회상한다. 보고하지 않은 리포터는 없었는지 빠르게 회상한다. 늦게 출근하거나 회의시간에 기분을 상하게 했던 발언이 없었는지도 빠르게 회고한다.

없다. 아무리 생각해도 나를 호출할 일이 없다. 불안한 생각이 머리를 꽝 친다. 똑똑 문을 열고 들어간다. 딱 2초 만에 불길한 생각의 결론을 내릴 수 있다. 갑작스러운 오더를 준다. 업무 부담을 내색하지만 마음속으로는 안심한다.

만약 회사와 관계없는 질문을 할 수 있다. "OO씨 요즘 회사생활 어때? 언제 입사했지?" 등으로 시작한다. 이런 식의 대화는 거의 예외 없이 불길한 대화로 이어진다. 회사가 지금 어려움에 있다. 각 부서에서 50%를 도려내기로 했다. 퇴직금과

별도로 2달치 월급을 지급하기로 했다. 이번 달 말일까지 퇴직 처리하기로 회사가 의사결정 했다. 내일부터라도 자유롭게 면접 등을 보러 가도 된다. 두 번째 회사에서 겪은 일화다.

불길한 예감은
틀리지 않는다

자욱한 담배연기, 회사빌딩 후미진 곳, 타부서 입사동기와 선배들이 담배연기를 연신 내뿜고 있었다. 얼굴에 초조한 빛이 역력하다. 노동부에 고발하겠다는 사람, 위로금을 5개월 치 요구하겠다는 사람, 절대 퇴사하지 않고 버티겠다는 사람, 어떤 부장은 다음날 낮술을 먹고 사장과 면담도중 화분을 깨는 불상사도 있었다. 나를 포함한 다른 사람들이 급히 들어가 말렸다.

마음속으로 통쾌한 느낌도 있었다. 그 부장은 이 조직에서 사회생활을 시작하여 지금까지 왔었다. 배신감, 상실감 그리고 미래에 대한 두려움이 화분을 깨는 행동으로 이어졌을 것이다.

나를 포함하여 우리 모두는 당당하려고 했지만, 얼굴에는 수심이 가득했다. 갑작스럽게 닥친 일이라 당황했다. '내일 조

용히 가서 빌어볼까? 왜 나인가를 따져볼까?' 별생각이 다 들었
다. 퇴사 후 1년 정도 지나 회사소식을 들었다. 회사는 구조조
정 후 딱 1년 뒤에 문을 닫았다. 오너는 신용불량자가 되었다.

당시 나는 대리급이었다. 일을 많이 하는 직급이었고, 어느
조직에서나 수요가 가장 많은 인력이었다. 퇴사 후 한 달 만에
취직이 되었다. 하지만 갑작스런 구조조정이 발표되는 날에는
정말 답답했다. 어떤 행동을 취해야 할지 몰랐다. 전혀 감을
잡고 있지 않았기 때문이다. 위험을 통제하는 사람과 통제하
지 못하는 사람은 차이점이 있다. 같은 위험이 와도 위험을 통
제하는 사람보다 위험을 통제하지 못하는 사람이 더 많은 두
려움을 느낀다.

아픈 것은
싸우고 있다는 증거

"왜 우리는 안 아픈 것이 정상이라고 생각하죠?"

강사의 첫 마디였다.

퇴직 후 도서관을 다녔다. 자릿세도 무료, 정수기물도 무료, 밥값도 저렴하다. 게다가 수십만 권 책과 잡지, 신문 등 자료들이 잘 보관되어 있다. 질 좋은 무료강좌도 많다. 우연히 〈동의보감〉 강좌를 수강했다. 그 전에는 《동의보감》에 관심 없었다. 전 국민이 시청했다는 TV드라마 〈허준〉도 나는 보지 않았다. 강의장에 15분 정도 빨리 도착했다. 나이 지긋한 아주머니와 아저씨들이 보였다.

《동의보감》을 강의하는 강사와 전체 그림을 예상했다. 강사모습은 수염을 기르고, 개량한복을 입었을 것 같았다. 강의

내용도 몸에 좋은 약초가 무엇이며 어디가 아플 때는 어떤 약
초를 먹어라 등 이런 종류의 강의를 예상했다. 하지만 예상은
빗나갔다.

강사는 30대 중반의 아주 젊었고 청바지에 남방티셔츠를
차림이었다. 예상했던 강의내용도 완전히 빗나갔다. 《동의보
감》은 어떻게 하면 잘 살 수 있는가에 대한 근원적 질문에 대
한 답을 찾는 책이다. 의학서라기보다 양생을 다루고 있었다.
나는 다짐했다. 다음 책은 반드시 《동의보감》 관련된 책을 쓰
고 싶다고….

태어날 때 운다. 아파서 운다. 아기들은 양수에서 편한 자
세로 10개월을 보낸다. 세상은 엄마 뱃속의 양수상태보다
100배 더 불편하다. 결국 아기들이 좁은 산도를 통과해 세상
에 나오는 순간은 엄청난 고통이라고 한다. 그래서 아기들이
운다. 태어나는 과정부터 인간은 아프다.

서양의학은 건강한 상태가 정상이라고 한다. 그래서 건강
하고, 아프고, 다시 건강을 되찾고를 반복한다고 한다. 《동의
보감》과 동양의학은 아픈 상태가 정상이라고 생각한다. 우리
는 평생 아프다. 그렇기에 건강을 위해 양생에 신경 쓰고 그리

고 다시 아프게 된다. 이 과정을 반복한다. 서양은 건강, 아픔, 건강이다. 동양은 아픔, 건강, 아픔이다. 《동의보감》을 접한 후 지금까지 가지고 있는 사고체계가 조금 흔들렸다. 흥미로웠다.

아픔은 달리 생각해보면 우리 신체가 체내에 있는 병균을 제거하려는 노력이고, 상처를 입으면 자연스럽게 자기통제 기능을 통해 치료하려는 자동조절기능이다. 몸이 아픈 증상은 몸이 자연치유를 시작했다는 신호이다. 몸이 아프면 "지금 내 몸이 병균과 싸우고 있구나" 라고 생각하면 된다.

진짜 병은 늙어가는 것이다. 늙어 간다는 것은 치유가 불가능하다. 철학자 세네카는 이야기한다.

"사람은 죽는 게 아니다. 자살하는 것이다."

절제 없는 생활로 스스로를 죽여 간다는 의미다. 셰익스피어의 햄릿에 나오는 말이다.

"지나치게 행복하지 않으므로 나는 행복합니다."

나는 이 말을 살짝 변형시킨다.

"지나치게 건강하지 않으므로 나는 건강하다."

《동의보감》을 읽으면서 중요한 한 가지를 느낀다. 우리 몸은 항상 정상이 아니다. 일탈되어 있다. 이 과정을 바로 잡는 게 우리의 역할이다. 바로 잡는 노력으로 평생을 보낸다. 그것이 양생이다. 몸은 비정상이다. 이 상태가 일반적인 상태다. 몸은 아프다. 이것이 정상적 상태이다.

아픈 정상적인 상태를 비정상상태인 안 아픈 상태로 돌리는 작업이 음식이고 운동이고 약물이다. 그렇게 해야 안 아픈 상태가 된다. 잊지 말자. 궤도이탈 된 상태가 일상이고 정상적 상태다. 끊임없이 궤도 안으로 집어넣기 위해 노력하는 것이 인생에서 우리가 해야 하는 일이다. 밥 먹고 운동하고 약 먹는 행위다.

이탈된 길에서 바른길로 돌아가게 하는 것이 우리가 인생에서 해야 할 일들이다. 그 상태가 지속되도록 노력한다. 그리고 목적지에 도달한다. 그것이 죽음이다. 요절 아닌 일반적 죽음이다.

우리가 타는 비행기는 목적지까지 가는 동안 99%의 시간 동안 궤도를 이탈하고 있다고 한다. 조종사는 본궤도로 들어가기 위해 끊임없이 조정관을 잡고 있다. 그러는 동안 우리는 제시간에 목적지에 도달한다.

우리가 타는 비행기는 목적지까지 가는 동안
99%의 시간동안 궤도를 이탈하고 있다고 한다.
조종사는 본궤도로 들어가기 위해
끊임없이 조정관을 잡고 있다.

　기업경영도 마찬가지다. 불편, 문제가 있는 상태가 정상이다. 지속적으로 생기는 문제와 마비상태를 해결하는 것이 경영이다. 어떤 불합리한 문제가 생기고, 불편이 생기는 것을 참지 못하는 사람이 있다. 이런 문제가 생기는 것이 당연하다고 생각하고 문제를 풀어나가는 것이 리더이고 경영자다. 정상상태인 불편과 문제가 지속되고 개선되지 않으면 마지막으로 간다. 합병과 매각 등은 마지막이 아니다. 오너 입장에서는 마지막이지만 다른 사람에 입장에서는 기업은 계속 진행되고 있는 것이다. 다른 모습으로 변한 것뿐이다.

　정신적 상태도 마찬가지다. 스트레스도 스트레스 없는 상태로 돌아가려는 힘이다. 스트레스가 많은 사람은 스트레스 없는 상태로 빨리 돌아가려는 힘이 강하다. 빨리 갈 수 있으면 그렇게 하라. 하지만 빨리 갈 수 없다. 스트레스가 정상적인 상태라고 인식해야 한다. 당연한 상태라고 여겨야 한다.
　빨리 돌아가면 스트레스가 없어질 것 같은가? 절대 아니다. 또 다른 스트레스가 생기고, 다시 스트레스 없는 상태로 가기 위해 발버둥 친다. 스트레스와 함께 간다는 여유를 품어야 한다.

우리 삶에서 인삼과 녹용만이 보약이 아니다. 최고의 보약은 '여유'다. 마음가짐이다. 자극에 대해 '모른 척', '당하지 않은 척' 해야 한다.

《마흔, 아프지 않게 살고 싶다》의 저자 신준식 한의사는 병이 낫는 법에 대해 처방한다. 세상만사 모두 공허한 것이며, 종일 경영하고 생각하는 것이 전부 망상이며, 나의 몸이 허황한 것이며, 복이 없는 것이며, 생사가 한낱 꿈이라는 것을 깨닫게 되면, 마음이 깨끗해지고 질병이 절로 없어진다. '아픈 것이 정상이다'라는 문장은 내 삶을 송두리째 흔들었다.

온통 내 삶에 적용되었다. 힘든 것이 정상이고, 고통이 정상이고, 혼란스러운 것이 정상이고, 고단한 것이 정상이고, 비효율이 정상이고, 이해되지 않는 것이 정상이고, 비정상이 정상이다. 삶에 새로운 시각을 제공했다.

우리는 기본적으로 편하고, 고통 없고, 평온하고, 고단하지 않고, 효율적인 것을 추구한다. 이런 상태가 정상이라고 지금까지 교육받았고 그렇게 세뇌되었다. 이것을 뒤집었다. 비정상적인 상태가 정상이라니….

내가 그동안 힘들어했던 모든 순간이 정상적인 상태였다. 그러니 모든 것이 일순간에 해결되었다. 해결되었다고 아픈 상태가 안 아픈 상태로 된 것도 아니다. 없는 돈이 갑자기 생긴 것도 아니었다. 하지만 정신적 해답을 건졌다.

내가 일상적으로 겪고 있는 아픈 상태가 정상이다. 아픈 상태가 정상이기 때문에 모든 인간이 아픔을 겪고 있는 있다. 작은 깨달음이 번쩍 들었다.

우리는 아픈 것을 일상으로 여기고, 안 아프기 위해 격렬하게 자신을 갈고닦아야 한다.

좋아하는 일을
한다는 것

대출상담원과 잠깐이라도 이야기해볼까?

몇 달을 혼자 보냈다. 가끔 늦은 밤에 아들과 30분 정도 이야기하는 것이 전부다. 책을 읽는다. 아니 책만 읽는다. 쉴 때 지인들이 생각난다. 전화를 할까를 고민한다. 그럴 때 마다 나는 하지 않았다. 나의 외로움을 전화통화로 날려 보낸다고 없어지지 않는다는 것을 알기 때문이다. 그냥 외로움의 고통을 넘기자고 다짐한다. 즐길 수 있으면 최고인데 아직 나의 내공은 거기까지 이르지 못했다. 내 스마트폰에는 최근 통화가 아들밖에 없다. 가끔 대출전화도 있다. 요즘은 시대가 좋아져 전화가 올 때 대출, 보험 등 발신자를 알려준다. 언제가는 대출이나 보험 가입을 권유하는 상담원들과 잠깐이라도 이야기해 볼까 이런 생각을 한 적도 있다. 섬에 갇힌 사람 같았다. 난 갇히

지 않았다. 나 스스로를 섬에 가두었다. 내가 원해서 한 행동이
다. 하지만 외로움도 있다. 내가 원해서 하는 행동에는 즐거움
과 보람과 행복만이 계속 될 줄 알았다. 꼭 그렇지 않았다.

　우리는 오랜 시간동안 자신이 좋아하는 것을 찾는다. 그러
다 원하는 것을 발견한다. 세상을 얻은 듯한 기분이다. 희열이
온다. 충만감도 느낀다. 매일 매일 행복할 것 같다. 하지만 꼭
그렇지 않다.

　자신의 꿈을 찾지 못하고 살아가는 사람이 대부분이다. 그
러다 찾으면 앞으로 꽃길만 걷게 될 것 같다. 행복할 것 같다.
그러다 내일 아침이면 찾지 못한 것 같기도 하고, 오후에는 또
찾은 것 같기도 하다. 확신을 가지고 있는 사람은 몇 명되지 않
는다.

　자신의 길을 찾았다고 해도 공허하고, 무료하고, 힘들기는
마찬가지다. 자신의 일을 찾지 못했을 때 느꼈던 기분과 비슷
하다. 아무것도 없는 고요한 텅 빈 방바닥에 어려운 철학책 한
권만이 놓여있는 느낌이다. 큰 방에 이 작은 책하나 놓여있는
느낌이다. 이 작은 책 하나를 읽기 위해 그렇게 애썼나? 하는
생각에 허무함을 느낀다.

당신이 찾은 좋아하는 일은 그 책을 보는 일이다. 하지만 그 책을 보면 볼수록 내가 지금 뭘 하고 있지? 이런 고리탑타분한 것을 읽는 것이 과연 잘하고 있는 걸까? 아무리 봐도 이건 아닌 것 같은데? 하루 종일 읽었는데 한 페이지 밖에 못 읽었다. 하지만 이해한 문장은 전혀 없는 막막한 느낌이다. 결과물이 보이려면 늙을 죽을 때나 보이겠다는 생각도 든다.

자신이 원하는 것을 찾았다는 것은 그 대상과 매일 힘들게 씨름을 하는 것이다. 그 씨름이 힘들어도 내일 또 다시 할 수 있겠다는 생각이 든다. 지속가능하다는 의미다. 그 일이 힘은 들지만 자신이 불행하지 않다고 느낀다. 중요한 것은 자신이 불행하지 않다고 생각하며 사는 것이다. 이것이 가장 중요하다. 좋아하는 일을 한다는 것이 꼭 행복을 담보하지 못한다. 단지 불행하지 않는 의미다.

친한 친구를 만나도 항상 즐거운 것은 아니다. 불편하지 않을 뿐이다. 친한 사이는 대화가 끊기지 않는 사이가 아니다. 침묵으로 생긴 공간을 불편해하지 않는 사이다. 공간을 채워야 한다는 부담이 없는 사이를 말한다. 불편이 생겨도 다음에 만날 때는 그 기억은 없다. 수면내시경 같다. 고통을 느끼지 않는 것이 아니다. 고통의 기억을 없애버린다.

불행과 행복 사이 그쯤 어딘가

　　　　　　지금 난 행복하다. 아니 불행하지 않다.
하고 싶은 일을 한다고 느끼고 싶다. 솔직한 심정이다. 여전히
나도 헷갈린다. 솔직히 말해 지금 하고 있는 일이 정말 하고 싶
은 일인지 잘 모르겠다. 확신이 들 때도 있고, 그렇지 않을 때
도 있다. 많은 사람들이 비슷할 거다.

　하지만 분명한 것이 하나있다. 지금 하고 있는 일이 시간이
지날수록 자신의 성장에 도움이 된다고 느끼면 잘 가고 있는
것이다. 시간이 간다고 하는 것은 숨이 넘어갈 때까지 기간이
다. 그때까지 할 수 있어야 한다. 그 일이 매 순간마다 즐겁지
는 않더라도 참기 힘든 고통을 수반하지 않아야 한다. 즉 꾸준
히 할 수 있어야 한다.

　성장은 성공과 다르다. 성장은 어제의 자신보다 조금 더 나

아지는 것이다. 성장을 목표한다면 우선 결심이 필요하다. 또 성장을 확신하며 어제와는 다른 삶을 살아야 한다. 어제보다 조금 더 힘든 노력이 가미되어야 한다. 배짱이 필요하다.

배
짱

　　배짱은 살짝 과격한 행동주의자의 속성 같다. 실은 내면에서 다져진 가치관의 힘이다. 생각이 굳건한 사람에게만 주어지는 선물이다. 자신의 마음속 깊은 곳을 차분히 관찰하고 응시하며 자신을 찾는 사람에게만 나타난다. 그렇지 않는 사람이 아무리 배짱 있게 행동하려고 해도 어설프게 보인다.

　　자신을 관찰하고 찾는 일에는 많은 시간이 필요하다. 설령 많은 시간이 흘렀다 해도 명확히 발견하기 어렵다. 찾지 못하고 해결하지 못한 모든 것에 인내심을 가지며 의문자체를 즐기고, 당분간은 찾지 못할 답에 집착하는 대신 계속 의문을 품고 있어야 한다. 그러면 어느 날 부지불식간에 그 해답 안에 들어가 있는 자신을 발견하게 될지도 모른다.

인생은 별 거 없다. 이것을 알면서도 우리는 누군가에 주눅이 들어 할 말도 못한다. 눈치 보며 산다. 예부터 눈치라는 행위는 노비들의 행동방침이었다. 눈치 없는 노비는 많이 맞았다.

타인의 시각에 맞춘 삶은 절대 행복으로 이어지지 않는다. 타인 기준에 맞춘 삶을 추구하는 사람이 행복을 느낄 때가 있다. 자기보다 못한 사람과 스스로 비교하는 그 찰나적 순간뿐이다.

배짱을 가지기 위해서는 몇 가지 요소가 필요하다. 먼저 인내다. 인내는 타인의 지시를 따르며 억지로 참는 것이 아니다. 자신이 결정한 삶에서 발생하는 고통을 참는 것이다. 또한 문제가 계속 발생할 때에 단번에 끝내려는 다급함을 억눌러야 한다. 문제를 해결해가는 어려움을 배움의 과정으로 인식해야 한다.

야망이 있어야 한다. 야망이라 하면 성취와 권력과 우월함에 대한 욕구라고 생각한다. 하지만 이런 것은 배짱과 관계없다. 야망은 신뢰를 얻는 것을 목표로 해야 한다. 배짱 있게 살겠다고 목표했다면 그 자체로 보상을 받는다. 그만큼 배짱은 큰 가치다.

마지막으로 배짱이 두둑한 사람들은 장기적이면서도 어려운 목표를 세운다. 주변 반응에 상관없이 목표에 전념한다. 즉각적인 반응을 얻기 위해 장기적인 열정을 희생한다면, 단기적인 성취는 가능하겠지만 배짱 있게 살기는 힘들다.

아무것도 하지 않으면 혼란함이 있을 수 없다. 아무것도 하지 않는데 혼란하다고 말하는 사람들이 있다. 혼란이 아니라 걱정이다. 회사생활에서 바람에 날리지 않기 위해 비에 젖은 낙엽처럼 바닥에 바짝 붙어서 눈치만 보는 상태다.

어떤 것을 하게 되면 당신이 생각해야 할 그 무엇들이 점점 쌓이면서 당신은 혼란스러움을 느낀다. 무엇이 쌓일 때 체계적으로 착착착 쌓이지 않는다. 물론 그렇게 쌓이는 사람도 지구상에 몇 명은 있을 것이다. 누적되고 있다는 것이 혼란으로 보인다. 내공이 부족한 사람에게는 더더욱 그렇게 보인다. 하지만 어느 정도 쌓이면 우리는 정리를 해야 한다고 강하게 느낀다.

정리해야 한다고 느끼는 바로 그 순간부터 뇌는 정리라는 절차를 밟게 된다. 그러면서 당신 자신이 바랬던 결과물이 보이기 시작한다. 물론 결과물이 보이는 것 같지만, 예상했던 결과물이 아닐 때도 있다. 그러면서 또다시 혼란을 느낀다. 이 과정은 반복된다. 일의 크기와 가치에 따라 이 과정은 한 번에 끝날 수도 있고, 수백 번을 거쳐야 되는 일도 있다.

기회는 혼란스러운 순간을 여러 번 거쳐야 온다. 그 혼란스러운 기억이 쌓이고 쌓이다보면 기회는 서서히 나타난다. 새벽에 물안개가 걷히면서 호수의 잔잔한 물결을 보이듯이 말이다.

새벽에 호수에 드리워진 물안개는 눈으로 확인 가능한 순간까지 쌓여야 어느 순간 걷힌다. 살짝 쌓이면 눈으로 물안개를 인식하지 않는다. 아름다운 호수위에 짙게 드리워진 물안개를 우리는 더 잘 기억한다. 얕은 물안개로는 환하게 걷히는 모습을 연출할 수 없다.

나도 아직 완전한 기회를 가진 적이 있는지 의심한다. 순간순간 만족과 불만족을 번갈아 느끼지만 이것이 내 인생에서 가치를 만들기 위한 과정이라고 생각하며 안개 걷히는 호수를 상상하며 산다.

혼란스러움 2

우유 컵을 입으로 가져가는 것조차 두려워집니다.

그 컵이 눈앞에서 깨져서

파편이 얼굴로 튀어 오르지 말란 보장이 없기 때문입니다.

-카프카가 연인 밀레나에게 보내는 편지

많은 사람들은 무기력할 때가 있다. 카프카의 특별한 점은 늘 자신의 무기력을 의식하며, 다른 사람들이 전혀 위험을 느끼지 못하는 지점에서 이미 엄청난 위험을 느꼈다.

카프카는 단순감기에도 폐렴증상을 느꼈다. 그는 감기를 죽을병처럼 느끼며 살았다. 카프카는 자신을 벌레처럼 여겼다. 하지만 문학 분야에서는 20세기 최고의 작가 중 한명이다. 남들에게는 아무 일도 아닌데 카프카는 죽을 것처럼 느낀다.

이런 정신적 혼란이 누구도 따라올 수 없는 글을 쓰게 되었다.
결국 혼란스러움이 에너지가 되었다.

혼란스러움
3

어째서 당신은 어떤 불안감이나 고통이나
우울함을 당신의 삶에서 쫓아내려 합니까? 그런 것들이 당신
에게 무엇을 가져다줄지 모르면서 말입니다.
-릴케가 시인이 되려는 청년에게 보낸 편지

혼란을 계속 쫓아내려 하기에 힘든 것이다. 간직하겠다는
결심을 하고 실행하면 혼란이 에너지가 되고, 시간이 지나면
서 그 혼란과 같이 동행하는 친구가 될 수 있다. 두려움, 짜증,
외로움, 고독 등 글을 쓰다보면 이런 감정이 온다. 아무것도 하
고 싶지 않을 때가 있다. 아무리 노력해도 이런 감정을 떨칠 수
없다. 고통스러웠다. 그러다 '간직하면 어떨까?' 라는 생각을
했다. 간직하겠다고 결심했다.

두려움, 짜증, 외로움, 고독을 깊이 응시한다. 친구처럼 대화한다. 싸우기도 한다. 이런 상태가 하루 또는 이틀이 지나면 혼란한 감정이 더 이상 나를 괴롭히지 않았다. 물론 며칠 후에 이 친구는 또 찾아온다. 그럼 또 간직하면 된다. 이런 과정을 반복한다. 들판에 바람이 불 듯이 인간에게 혼란은 자연스러운 감정이다.

고통을 당하고 있는 분들에게 나는 그 고통에 따른 혼란을 간직하라고 한다. 가장 극심한 혼란이 있을 때 얼굴 사진도 찍고, 그때 감정도 메모하라고 이야기한다. 폭풍의 한 가운데에서 이런 행위를 하는 것은 어렵다. 하지만 못할 것도 없다.

'혼란은 피하는 것이 최고다', '혼란을 극복할 수 있다', '혼란 별거 아니다.' 이런 말을 들었다고 혼란이 없어지는가? 없어지지 않는다. 혼란이 없어지지 않기에 간직하라는 의미를 쓴 것이 아니다. 간직한다는 의미는 능동적이고 적극적 의미다. 응시하고 관찰하고 기록하라는 의미다.

혼란을 간직하겠다는 결심이 있어야 삶이 풍부해지고, 성장한다. 어떤 사람들은 말한다.

"난 성장하고 싶지 않고 평범하게 살고 싶다."

그런데 그런 평범한 삶은 없다. 이런 사람에게도 혼란은 반드시 다가온다. 세상에서 한 획을 그은 사람들이나 자신의 목표를 성취하기 위해 열정적으로 사는 사람들에게 혼란스러움은 더욱 많이 나타난다. 하지만 이들은 이미 알고 있다. 혼란스러움이 다가오면 조금씩 나아가고 있다는 것을 직감한다. 이들이 하는 유일한 행위는 잘 간직하겠다는 결심이다.

내 마음대로 할 수 있는 게 무엇이냐? 별로 없다. 특히 우리가 가는 길은 부모나 선배나 사회에서 만들어놓은 것이다. 그 길을 따라 가고 있다. 내게 의견을 묻지도 않는다. 나도 모르게 운명이 결정되고 있다. 하지만 내가 어떻게 살겠다고 결심했고 스스로 결정했다고 생각한다. 깊이 관찰해보면 사회가, 부모가, 선배가, 친구가 결정한 길을 자기가 결정했다고 느낄 뿐이다. 인간은 자유롭다고 느껴야 행복해진다. 다른 사람을 닮으려고 하지 말고 자기 자신이 되어야 한다. 결국 다음 문장으로 귀결된다.

"자신을 알아야 한다."

혼란이 주는 최고의 선물은 자신을 찾게 하는 것이다. 혼란을 축복해보자. 자신을 찾아야 진정한 내면의 자유를 누린

다. 이상하게도 우리는 혼란을 겪어야만 자신의 내면을 쳐다
보게 된다. 평온한 상태에서 아무리 노력해도 자신을 볼 수 없
다. 혼란해야 찾게 된다.

혼란스러움 5

거대한 산처럼 쌓인 쓰레기더미, 뜨거운 태양, 윙윙 거리는 성가신 파리 떼, 역겨운 냄새. 어떤 사람이 쓰레기더미 꼭대기에 위태롭게 서 있다. 이마의 땀을 닦으며 더듬더듬 무언가를 찾는다. 발을 잘못 디뎌 빠지기도 하고 미끄러져 구르기도 한다. 찾고 있는 것은 다이아몬드 반지다. 그런데 그는 맹인이었다.

산 같은 쓰레기더미가 우리를 혼란에 빠뜨리는 감정들이다. 그가 찾고 있는 다이아몬드 반지가 바로 '혼란을 간직하는 법'이다. 여기는 두렵고 냄새나고 불쾌해 피하고 싶은 곳이다. 하지만 반드시 이곳에 머물러야만 반지를 찾을 수 있다. 그는 냄새나는 쓰레기를 끊임없이 손으로 만지며 파헤친다. 만진 쓰레기를 함부로 내팽개치지 않고 그 자리에 잘 놔둔다. 그는 눈이 보이지 않기에 쓰레기들을 손으로 주의 깊게 감촉한다. 그렇게 하지 않으면 한 번 만졌던 쓰레기더미에서 또 찾게 된다. 우리가 혼란스러움을 응시하고 감촉해서 간직해야하는 이유다. 바로 이곳에서 혼란이 생긴 원인을 파헤쳐야 한다. 그러려면 혼란스러움의 가운데에 머물러야 한다.

세상이 오해하는 것이 있다. '정직하게 살고 안전하고 편안한 곳에 있으면 혼란 없이 살 것 같다?' 그렇지 않다. 삶은 우연이고 불확실하다. 1시간 뒤에 당신에게 어떤 일이 일어날지 아무도 모른다.

책을 읽으면서 변한 것 중 하나가 자연을 좋아하게 되었다. 식물이든 동물이든 자연을 훼손하는 것이 싫어졌다. 생명을 더욱 사랑하게 되었다. 천천히 걷다가 개미가 있으면 발을 공중에 멈추고 바로 옆을 짚는다. 하지만 비켜 짚은 발밑에도 개미는 있었다. 내가 아무리 생명을 소중히 여겨도 나로 인해 어쩔 수 없이 죽는 생명들은 있었다. 우주적 관점에서 보면 지구는 떠다니는 먼지보다 작은 미세한 존재다. 하물며 그 안에 사는 개미나 인간은 아무런 차이가 없다. 하루살이나 인간의 생존기간도 거의 똑같다. 그냥 한없이 초라한 존재다. 나의 발걸음 변경으로 죽은 개미가 정직하지 않고, 안전하지 않은 불편한 곳에서 살았던 개미일까? 아닐 것이다. 그냥 그런 상황이 왔을 뿐이다. 그런 상황은 피할 수 없다. 그런데 우리는 정직하게 살면 피할 수 있다고 믿는다. 아니 그렇게 믿고 싶어 한다. 혼란스러움은 자연이 바람을 만들어내듯이 그냥 만들어진다. 들판에 바람이 불고 멈춤을 반복하는 것처럼 하루 종일 가만히 앉아 명상만하는 산속 도승들도 혼란으로 고통을 겪는다. 우리 삶은 예측 불가능하다. 원하는 것과 원하지 않는 것을 모두 경험할 수밖에 없는 것이 삶이다.

나는 불편한 감정으로 혼란이 생기면 피하려고 했다. 원인은 상대방 때문이라고 생각했다. 괜히 상대의 작은 실수를 핑계 삼아 화를 내고, 욕하고, 스스로 꼭꼭 문을 잠그기도 했다. 이런 것이 불편한 감정을 피하고 싶어서 한 행동들이다. 혼란스러움이 생기면 이것을 없애야 한다는 강박관념을 버려야 한다. 대신 그 혼란함이라는 느낌 속으로 들어가야 한다. 배신당하거나 인정받지 못할 때 느끼는 아픔을 그대로 간직한다면 혼란을 품는 근육은 점점 단단해진다. 혼란은 서서히 힘을 잃고, 우리는 부드러워진다. 반대로 피하거나 억누르면 경직된다.

우리는 부서진다. 혼란함속으로 들어가지 못하는 이유는 이것의 강도나 무게 등 실체를 제대로 알면 엄청 무서울 것이라 생각하기 때문이다. 무서울 것 같은 그 혼란을 간직하면 공허함, 허무함, 조급함, 심심함, 작은 불안감으로 판명되는 경우가 많다. 고집부리는 7살짜리 아이를 우리는 무서워하지 않는다. 좋은 것이든 나쁜 것이든 큰 혼란이든 작은 혼란이든 몰입해야 그 감정들을 걸어낼 수 있다. 혼란을 피하면 혼란은 계속 다른 모습으로 나타난다.

어떤 감정으로 혼란을 느낀다면 삶의 어떤 단계에서 자신을 더욱 훌륭하게 만들고 싶다는 숨겨진 욕망일 수 있다. 그래서 우리는 바로 그 혼란을 스스로 선택하고, 고통을 겪는다. 우리에게 발생하는 모든 감정이 모두 혼란으로 연결되지 않는다. 여러 감정 중에서 어떤 일부감정만이 혼란스러움으로 발전한다. 사람마다 불행의 농도에 따라 불행을 느끼는 지점이 다르다. 어떤 사람이 불행을 느끼지 못하는 지점에서 다른 사람은 불행을 느낀다. 탄광에서 카나리아는 독가스 냄새에 민감하게 반응한다. 사람이 미처 인식하지 못할 때 카나리아는 괴로워 파닥거리다. 여러 단계의 혼란 중에서 당신을 괴롭히는 혼란의 지점이 있다. 다른 사람은 아무렇지도 않는데, 당신만 카나리아처럼 파닥거린다. 반면 바보는 무디다. 혼란을 느끼지 못한다. 바보는 혼란을 간직할 수 없다. 지금 혼란스럽다면 당신은 바보가 아니라 카나리아다. 혼란을 간직할 수 있는 조건을 갖춘 셈이다. 행복하려면 성장해야 한다. 성장하려면 아파야 한다. 아픔은 혼란을 간직하기 위한 직전단계다. 완전으로 가는 노력만이 천국이다. 카나리아만이 행복할 수 있다.

혼란을 간직하려면 우선 그 감정과 상황으로 혼란을 느껴야 한다. 다음은 이 혼란을 간직하려는 용기가 필요하다. 마지막은 딱 그 감정만을 느껴야 한다. 그 감정 뒤에 밀려오는 다른 감정은 느낄 필요가 없다. 특히 자책하지 않아야 한다.

화가 났을 때 그 감정이 일어나는 것만을 그대로 느껴야 한다. 운전을 하다보면 갑자기 욕을 하는 경우가 있다. "어휴 씨, 저거 미친 놈 아냐?" 여기서 멈추어야 한다. "아침마다 선한 말을 하기로 결심하는데 또 욕을 하네. 내가 왜 이러지! 난 의지력이 약한 놈이야." 이런 말을 내뱉는 순간 자책하며 후회한다. 이런 자책을 차단하려면 "화가 나고 있구나!" 화를 나와 다른 객체로 취급하며 응시해야 한다. 그럼 자책까지는 가지 않는다. 우리는 살면서 자책을 많이 한다. 하지만 혼란스러움이 전적으로 우리자신만의 잘못은 아니다. 그냥 그런 상황은 발생한다. 내 발에 밟힌 착한 개미의 상황과 비슷하다.

당신을 혐오하는 사람으로 인해 혼란이 발생한다. 그 사람을 간직하기는 참 어렵다. 그럼에도 불구하고 간직하려는 마음근육을 키워야 한다. 하지만 도저히 할 수 없다면 하지 마라. 모두 예수님이나 부처님이나 간디가 될 필요는 없다. 하지만 당신을 혐오하는 사람을 최대한 친절하게 간직하려는 노력은 분명 성장에 도움이 된다.

위인들은 더욱 고되고 고통스러운 혼란을 겪었다. 어떤 사람이 다른 사람보다 뛰어나게 되는 것은 그가 그 혼란을 진짜 위험으로 느끼고, 진심으로 간직하려고 결심했기 때문이다. 진짜 두렵고 죽을 것 같기 때문에 결심하고 행동한다. 금연에 실패한 사람도 병원진단을 받고 담배를 피면 죽는다는 말을 들으면 담배를 끊는 것과 같다.

혼란이 생기면 그 속으로 들어가야 한다. 관찰하고 응시해야 한다. 그래야 자신을 볼 수 있고, 서서히 자유를 느낀다. 성급하게 답을 찾으면 안 된다. 혼란이 오면 어떻게 피할까가 아니라, 그 가운데로 들어가면 그만이다. 말은 쉽다. 행동은 어렵다. '무엇인가가 어렵다는 사실만으로도 우리가 그것을 행해야 하는 충분한 이유가 된다.' 릴케의 말이다.

　　　　　퇴사를 요구받으면 한없이 작아진다. 고
통을 느낀다. 이 고통에 매몰되면 아무것도 할 수 없다. 또한
당신에게 손해를 끼칠 수 있는 사람의 이면을 본다. 두려워한
다. 참혹하게 무시당한 기분이 든다. 남들이 우리를 무시할
수 있는 근본적 이유는 우리가 죽기를 두려워하기 때문이다.
돈이 많은 사람이 가장 두려워하는 인물이 돈에 관심이 없는
사람이다. 궤도이탈은 죽음이 아니다.

　　혼란을 일으키는 본질을 보아야 한다. 그리고 세세히 분절
해야 하고 그 분절을 인식해야 한다. 인식훈련과정에서도 갑
자기 과도한 위압감과 두려움이 생긴다. 자연스러운 현상이다.
과도한 위압감과 두려움을 강제로 삭제시키는 훈련이 필요하

내가 왜 두려워하는가?

다. 두려움을 자세히 관찰하고 분절해서 있는 그대로를 받아들이고 각 분절된 상황을 자신에게 유리하게 해석하고 세뇌시켜야 한다.

근육운동을 며칠 한다고 근육이 생기지 않는다. 위압감과 두려움을 없애는 인식훈련을 반복적으로 해야 한다. 용기라는 근육은 무거운 것을 들고 버티는 긴장 속에서 단련된다. 상황의 본질을 보고, 옷을 벗기고, 외피를 벗기는 인식훈련을 해야 한다. 두려움이 엄습하면 일단 그것을 잘게 나누는 연습이 필요하다.

내가 왜 두려워하는가? 창피해서 죽을 것 같아서, 쪽팔려 죽을 것 같아서, 답답해서 죽을 것 같아서, 괴로워 죽을 것 같아서, 숨이 막혀 진짜 죽을 것 같아서. 마지막 숨이 막혀 진짜 죽는 일 빼고 우리를 진짜 죽이는 것은 없다. 당신이 하는 인식이 당신을 죽이고 있다.

피
드
백

최악은 종종 최상과 동급이다. 처음으로 팀장직급으로 회사에 입사했다. 나는 실무자보다 관리자의 역량이 더 있다고 생각했다. 그동안 짬짬이 읽었던 책 등을 참고해서 팀을 잘 이끌 자신이 있었다. 나는 부하직원들을 신뢰하고, 그들을 동기부여 시키고, 변화시킬 수 있다고 생각했다. 그들이 업무를 하는 데 있어 탁월한 역량을 발휘할 수 있는 환경을 만들겠다고 결심했다. 그들이 나를 존중하게 만들 자신도 있었다.

몇 달 후 나는 심각해졌다. 내가 생각하고 지시한 대로 팀원들이 움직이지 않았다. 하루에도 몇 번씩 화가 났다. 신뢰를 보여 주기 위해 화를 참았다. 대신 면담이라는 형식으로 이야기를 많이 했다. 하지만 면담을 하다 보면 더욱 화가 날 때도 있었다. 그런 과정을 거치면서 처음 입사 때 결심은 거의 없어졌다. 화를 참는 것이 우선이었다.

1년이 다 되었을 때, 내 바로 밑에 있는 과장이 면담을 요청했다. 과장의 퇴직통보를 의심했다. 회의실로 들어갔다. 처음에 그는 머뭇머뭇했다.

"팀장님 한 가지 부탁이 있습니다. 우리를 변화시키겠다고 많은 말씀을 해주시는 것 감사합니다. 근데 팀장님이 말씀하시는 시간이 길어지다 보면, 팀장님 스스로 화가 나는 것 같습니다. 그리고 화를 참는 모습이 보입니다. 우리는 몹시 불안합니다. 직원들과 면담할 때 요점만 말하고 끝내주십시오. 그럼 팀장님도 화가 덜 날 것 같습니다."

당시 너무 충격이었다. 그래서 아직도 명확하게 기억한다. 지금까지 들었던 최악의 피드백이며 또 최고의 피드백이었다. 지금 생각해보면 나는 정말 일천한 내공이었다. 그런 내가 팀원들을 변화시키겠다고 많은 면담을 실시했다. 당시 내 말이 먹히지 않으면 화가 났다.

"내 말대로 하면 팀원들의 역량이 올라갈 텐데…, 왜 이들은 내 말을 듣지 않는 걸까? 나를 무시하나?"

이런 생각을 많이 했다. 그 피드백으로 나를 진지하게 돌아

보게 되었다. 피드백이 없었다면 계속 화만 냈을 것이다. 지금
생각해보면 정말 고마운 피드백이었다.

내 생각대로 살아간다는 것

"생각이 있고 자신을 아는 사람 1명은 생각이 없거나 자신을 모르는 사람 10명을 상대해도 항상 이길 수 있다."

- 조지 버나드 쇼

자
유

'자유'란 단어 자체만으로도 설렌다. 자유는 우리 민족뿐만 아니라 모든 역사의 조상들이 목숨까지도 바친 소중한 것이다. 무엇이 그토록 중하다고 목숨까지 바치면서 얻으려고 했을까? 자유가 없으면 행복이 없기 때문이다. 개, 돼지, 노예가 되기 때문이다. 하지만 현실의 압박과 부담으로 자유를 잊고 산다.

현재 누릴수 있는 자유를 묶어둔 채 신기루 같은 자유를 희망하며, 하루를 스스로 옥죄며 산다. 밥그릇을 챙기기 위해 스스로 목에 밧줄을 건다. 위안한다. 너도 자유롭지 않아, 너를 묶어놓은 밧줄이 내 목줄보다 조금 길 뿐이야. 그리고 또 자유를 원한다고 외친다. 혹은 난 꽤 괜찮은 자유를 누렸다고 말한다.

너도 자유롭지 않아,
너를 묶어놓은 밧줄이
내 목줄보다 조금 길 뿐이야.

그
저
떠
도
는
삶

어디로 가는지 모른다. 먼저 태어난 문명이 정해놓은 길로 간다. 그 길이 맞는지 틀리는지 모른다. 그 길에 대한 의문은 곧 부적응자다. 의문을 제기하면, 주변은 입에 거품을 물고 지금 길이 옳다고 항변한다. 그 길 위에서는 항상 허한 마음이 생긴다.

목적 없이 떠도는 것이 인생이다. 주변 사람들은 명확한 목적을 가지고 사는 것처럼 보인다. 실은 그들도 그저 떠돌고 있다. 어딘가 안주하면 지겨워지고 또 한없이 자신이 보잘 것 없어지기에 이리저리 떠돌고 있는 것이다.

목적을 정하는 것은 중요하다. 목적지가 없으면 우리는 여행을 시작하지도 않는다. 목적 때문에 과정이 생긴다. 목적지가 우리를 풍요롭게 해주기를 기대하면 안 된다. 목적지를 정해 그곳에 다가갔지만, 처음 시작했던 곳과 별반 다를 게 없다. 하지만 과정에서 우리는 이미 다 얻는다. 다가가려는 투쟁에서 이미 풍요로워진다.

칭
찬
1

기습공격도 방어해야 한다. 1월, 두꺼운
외투 안으로 차디찬 바람이 들어온다. 외투 속으로 얼굴을 더
깊게 파묻는다. 날씨는 흐릿하고 우중충하다. 태양이 보이지
않는다. 날씨가 꼭 현재 내 모습 같았다. 유럽의 우중충하고 흐
릿한 날씨가 많은 철학자를 배출했다는 이야기를 들은 적 있
다. 흐릿함은 마음을 울적하게 한다. 고민하게 한다. 삶의 방
향을 다시 설정하라고 떠민다.

식사 후 천천히 걸으면서 손바닥으로 배꼽 주위와 아랫배
를 부드럽게 원을 그리며 만진다. 그럼 소화가 잘 된다. 새로운
이물질을 넘겨 우리 몸에 동화시키는 것이 소화다. 소화는 격
렬한 전투다. 성공하면 몸에 이롭고, 실패하면 몸은 축난다.
격렬한 전투를 위해 일하고 있는 위나 장을 사랑하는 행위가

부드럽게 만져주는 행위다.

태양이 없는 것을 아쉬워하며 아주 천천히 배를 문지르며 식당 앞을 어슬렁거리며 걷고 있었다. 또 오전이 지나갔구나! 소형 인조잔디구장에서 아이들이 축구를 하고 있었다. 어릴 때 축구하던 모습도 생각났다. '시간'이란 단어 말고 다른 말로 시간을 표현할 수 있을까? '상황', '지구가 한 바퀴 도는 것' 이 떠올랐다. 시간은 가는 것이 아니라, 우리에게 다른 상황을 보게 하는 것이 아닐까? 한 바퀴 돌면 또 다른 상황을 본다. 그리고 사라진다. 번개보다 빠른 시간이 무섭다. 가끔씩 똑같은 질문이 떠오른다. '내가 이렇게 시간을 보내도 되나?' 엄청난 스피드로 시간은 지나간다. 과정이, 오늘이, 현재가, 이 찰나적 순간이 괜찮아야 한다. '참고 견디는 시간은 내 인생에서 존재하지 않는 시간이다'라는 문구가 떠올랐다. 어디서 본 문장인지는 생각나지 않았다.

한 아주머니가 식당 앞을 지나면서 나에게 기습공격을 하며 지나갔다. 이런 저런 생각을 하며 공격에 방어할 준비가 되어 있지 않았던 나에게 한 마디 했다.

"인상이 참 좋네요."

하면서 내 얼굴을 본다. 목소리는 명료하지 않았고 크지도 않았다. 그리고 슬쩍 미소 지으며 추운지 패딩의 모자를 쓴다. 하지만 그 짧은 순간에도 감사인사를 해야 한다는 생각이 떠올랐다.

"아, 예. 감사합니다."

정말 얼떨결에 대답했다. 그 인사와 동시에 아주머니와 나와는 벌써 4m이상 벌어졌다.

멀어져가는 아주머니를 조용히 관찰했다. 가끔 거리를 걷다보면 인상이 좋다며 말을 거는 사람들이 있었다. "도를 믿으세요?"라고 말을 건다. 혹시 그런 사람 아닐까? 또 아주머니는 자신과 마주치는 모든 사람들에게 인사치레로 "인상이 좋네요."라고 말을 하는 게 아닐까도 궁금했다.

걸어가는 아주머니 앞으로 몇 명이 있었지만 그녀는 형식적인 인사치레도 하지 않았다. 그녀가 눈에서 사라질 때까지 뒷모습을 바라보았다. 날씨처럼 기분도 우중충했는데 살짝 맑아졌다. 그녀는 무언가를 얻기 위해 한 말은 아니었다. 화장실로 곧장 갔다. 얼굴을 관찰했다.

'이 정도면 괜찮은 인상이구나!'

빨리 글로 옮겨놓아야겠다. 지금 이 글을 쓰고 있다.

작은 한마디가 나를 기분 좋게 만들었다. 다운되어 있던 마음을 밀어내고 이렇게 글까지 쓰게 한다. 기분을 좋게 하는 말은 반대급부를 바라지 않아야 한다. 무심하게 진솔해야 한다. 억지로 자신과 상대방의 마음을 폭풍처럼 흔들려고 하지 않아야 한다. 또 형식이나 예의를 표하기 위한 과도한 칭찬도 주의해야 한다.

느낀 만큼만 진솔하게, 과잉은 절대금지다. 인간은 예민하다. 금방 알아챈다. 물론 과잉칭찬도 고마울 때가 있다. 상대방이 나를 위해 최선을 다해주면 고맙다. 하지만 더 기쁜 것은 과잉하지 말고 진솔하게 말하는 것이다.

칭
찬
2

　　칭찬은 숨게 한다. "참 인상이 좋네요."라
며 며칠 전 나에게 기습공격을 한 아주머니를 보았다. 그분은
나를 보지 못했다. 내가 걷는 방향으로 아주머니의 옆모습이
보였고, 그녀가 걷는 방향에는 내가 없었다. 난 멈추고 뒤돌아
섰다. 빨리 도망가서 숨고 싶었다. 칭찬 받을 당시보다 현재 나
의 상태가 좋지 않아서였다. 그녀의 칭찬 때문에 순간 내 행동
이 부자연스러웠다. '괜한 사람한테 칭찬을 들어 신경 쓰이네'
라는 생각이 퍼뜩 들었다. 칭찬은 결국 상대의 기대감을 충족
시켜야 하는 부담으로 작용한다. 칭찬받을 때보다 더 잘하거
나 비슷한 정도는 되어야 한다. 그렇지 않으면 우리는 숨게 된
다. 칭찬은 발전의 동력이 된다. 하지만 칭찬을 멀리하는 삶이
필요할 때가 있다. 내 방식대로 살겠다. 보이기 위해 살지 않겠

다고 다짐할 때다. 앞으로 비판도 거부하겠지만 칭찬 또한 거
부하고 싶었다.

　우리는 칭찬을 위해 달린다. 칭찬은 동기부여가 된다. 하
지만 이것이 다는 아니다. 진정으로 성공하기 위해서는 타인
의 칭찬을 기대하면 안 된다. 타인에게 칭찬받고 싶은 욕구가
강해지면 마음은 외부로 향한다. 내면에서 솟아오르는 소리
가 들리지 않는다. 점점 외부의 시각과 기대에 자신을 맞춘다.
자신이 하고 싶은 것은 자신의 내면적 욕구에서 분출되어야만
진정으로 행복한 성공을 할 수 있다. 행복한 성공은 내면적 동
기가 있어야만 가능하다.
　외부적 칭찬을 거부하고 내면적으로 자신을 갈고닦는 사
람이 있다. 이들이 가고자 하는 방향은 분명하다. 자신의 길을
당당하게 간다. 당연히 행복하게 성공할 확률은 훨씬 높다. 칭
찬을 받는 순간 우리는 칭찬의 방향에 매이게 된다. 아무리 영
향을 받지 않으려 해도 영향을 안 받을 수 없다. 그 칭찬의 방
향에 프레임 되게 된다. 칭찬을 당당하게 거부할 용기도 필요
하다.
　내면적 동기가 있는 사람은 다른 사람이 잘못한 것이 명백

하더라도 '지금 내가 할 수 있는 것'에 집중하고 에너지를 쏟는다. 그러나 내면적 동기가 없는 사람은 다른 사람을 비난하고 과거를 불평하고 자신이 피해자라고 주장하며 동정을 구걸한다. 그러면서 자신은 아무런 행동도 하지 않는다.

특히 아이들은 벌을 피하기 위해 또는 칭찬을 얻기 위해 행동한다. 이것을 말려야 한다. 이런 상황이 계속되면 벌이나 칭찬이 없으면 아이들은 행동하지 않는다. 그리고 평가해주지 않는 상대를 적이라고 생각한다. 물론 쉽지 않다. 우리는 누구를 조정하면 안 된다. 또 내가 조정당한다고 생각하면 기분 나쁘다. 조정당하는 것을 좋아하는 사람은 없다. 아이들과 어른들도 마찬가지다. 인간의 본능적 속성이다.

어떤 일의 시작시점에서는 칭찬으로 움직일 수 있다. 하지만 칭찬이 지속되면 칭찬에 길들여진다. 칭찬은 타인에 의지하는 행위다. 타인이 없으면 행복해하지 않는다. 혼자 있는 시간과 남들이 관심을 가져주지 않아도 행복을 느끼게 해야 한다. 그래야 여럿이 있어도 행복해진다.

조정하는 것은 교육이 아니다. 칭찬 없이 혼자 하는 행위에 만족감을 느낄 수 있게 만들어야 한다. 교육자와 교육의 역할이다. 핵심은 아이들에 대한 칭찬이 아니라 신뢰다. 신뢰는 칭찬과는 좀 다르다. 신뢰는 꾸준히 보내야 한다. 칭찬은 신뢰보다 쉽다. 아이의 기분을 위해 좋은 말을 하면 된다. 신뢰는 인내심이 필요하다. 어떤 상황이 벌어져도 너를 믿는다는 신호를 보내야하기 때문이다. 신뢰받는 아이들이 칭찬받은 아이들보다 자존감이 높다.

생각하지 않은 죄

　　　　　　기업의 목적이 이익추구라고 배웠다. 지금은 아니다. 지금이야말로 사회 전체의 이익, 즉 공익과 기업의 이익이 일치하지 않으면 기업으로서 성장할 수 없는 시대가 되었다. 조직이 크고 작고를 떠나 조직을 운영하는 것은 사회적으로 큰 영향을 미친다.

　보다 많은 사람들에게 가치를 제공하고자 한다면 비즈니스는 필연적으로 공익성을 띠어야 한다. 자신의 이익만 추구해서는 생존하기 힘든 시대다. 앞으로 점점 더 그럴 것이다. 공익은 사회를 선한 방향으로 이끌가면서 가치를 만드는 행위다.

　나는 어떤 기업에 입사했던 적이 있다. 회사분위기는 전반적으로 좋지 않았다. 하지만 자금이 아주 탄탄한 기업이었다. 입사 후 며칠이 지났다. 명함이 나왔다. 근데 명함 비용을 입사자가 부담해야 한다고 했다. 명함비용은 보통 1만 원 내외다.

순간 화가 났다. 회사방침이라 했다. 기분 더러웠다. 새롭게 시작하려는 의욕을 아주 무참히 꺾는 행위였다. 나는 1만 원을 내면서 이곳을 오래 다니지 않겠다고 다짐했다. 인사부서 팀장에게 물었다. 그런데 그는 자신이 전에 있던 회사도 명함비용을 신규입사자들이 부담했다고 한다. 의외로 이런 식으로 운영하는 기업이 있다는 것을 알고 놀랐다. 이런 것은 사회적 악영향이다. 만약 인사부서팀장이 사업을 한다면 명함비용은 신규입사자가 부담해야 한다고 말할 수도 있다. 이 얼마나 참담한 이야기인가? 단돈 1만 원의 비용절감을 위해 새로 입사한 구성원의 의욕을 꺾는 것이 좋은 경영인가? 구성원들의 의욕을 고취시키는 것이 리더의 가장 막중한 업무이다. 별생각이 없다는 것이고, 생각을 하지 않았다는 이야기다.

'생각하지 않은 죄', 큰 죄다. 우리는 혼란한데도 생각하지 않는다. 자신은 생각한다고 생각한다. 우리가 생각한다고 생각하는 것은 오해다. 그것은 생각이 아니다. 걱정이고 잡념일 뿐이다. 생각을 한다는 것은 사회를 좋은 방향으로 이끌고 바른 영향을 미치려고 해야 한다. 우리는 생각한다. 결정한다. 그런데 그 결정이 사회에 악한 영향을 미치는 쪽으로 정해진다. 이것은 생각한 것이 아니다. 악영향을 퍼뜨린 것이다. 생각의 목적은 선이어야 한다. 선이어야 생각이다.

아이히만은 히틀러의 행동대장이었다. 600만 명의 유태인을 생체실험 등을 통해 죽였다. 전쟁 이후 숨어 살다가 잡혔다. 그는 히틀러가 시키는 대로 할 수밖에 없는 위치였다고 강변했다. 당신들은 직속상관이 시키는데 반대할 수 있느냐며 변론했다. 하지만 독일법정은 판결했다. 그의 죄목은 '생각하지 않은 죄'였다. 아무 생각 없이 명령을 따른 것이라며 선고했다. 생각을 한다는 것은 사회에 올바른 영향을 미치는 것에 대한 생각이다. 생각을 한다는 것은 잘못하지 않으려고 애쓰는 것이고, 잘못을 하면 뉘우치는 것이다. 사회에 악영향을 미칠 방법을 생각하는 것은 생각이 아니다.

지금 정치권이나 기업의 리더들은 항상 생각해야 한다. 우리 모두는 항상 생각해야 한다. 만약 대통령 게이트에서 청와대에 있는 사람들이 아이히만에 적용된 '생각하지 않은 죄'에 대해 깊이 있게 생각하고 행동했다면 아마 국민들과 자기 자신과 가족들에게 지금 같은 불행은 없었다.

세상에서 가장 무서운 사람들이 있다. 세상에 휘둘리지 않는 사람들이다. 어떤 큰일에도 일희일비하지 않는다. 왜 무서워 보일까? 자신에 대한 생각을 가지고 있어 자신만의 방식대로 그냥 걸어간다. 주변에서 어떤 영향을 미쳐도 끄떡도 하지 않는다. 자신만의 방법으로 살기 때문에 아우라가 느껴진다. 별생각 없는 사람들과 구별해야 한다.

사실 대부분 사람들은 자신만의 철학이 있다는 것을 암시하고 강조한다. 특히 술자리에서 술이 좀 취하면 강조한다.

"야, 난 한번 한다면 하는 사람이다. 너도 잘 알잖아."

"야, 그럴 때는 과감하게 밀어 붙어야지."

"세상에 자기가 좋아하는 일만 할 수 없다. 자신을 꺾을 때도 있어야지.”

"지금이 우리 인생에서 가장 중요한 시기야.”

"딸은 교사나 공무원이 좋아. 안정적인 것이 최고야.”

세상에 진짜 자신만의 철학을 구비한 사람이 얼마나 될까?

'우리나라 사람 대부분이 이렇게 사니까 이게 정답은 아닐지라도 최소한 오답은 아니다.'고 말하는 친구들도 많다.

자신이 혼란스러운 것도 남들도 다 혼란스러우니 괜찮다는 의미다. 왜 혼란스러운지, 왜 불안하고 불편한지에 대한 고민을 하지 않는다. '다들 그렇게 사니까 나도 그렇게 사는 것이 맞다.'고 생각한다. 이렇게 생각하는 순간 절대 철학은 생기지 않는다.

철학은 질문이다. 이 순간을 행복하게 하는 방법은 무엇일까? 난 누구일까? 우리가 중요시 하는 돈을 제외하면 인생에서 진짜 행복을 만드는 요소는 무엇일까? 지금 있는 이곳이 나의 삶을 행복으로 이끄는 곳인가? 아니라면 어떤 이유 때문일까? 돈이 50억 있어도 지금 일을 할 것인지? 등에 스스로 질문하고 답을 찾아야 철학이 생긴다.

'다들 그렇게 사니까
나도 그렇게 사는 것이 맞다.'
이렇게 생각하는 순간
절대 철학은 생기지 않는다.

산속 도승도
불만은 있다

고함소리를 꽥꽥 지른다. 귀청이 울린다. 직장 근처 엄청난 규모의 맥줏집을 지나갈 때면 와자지껄한 소음이 들려온다. 거기를 들어가면 우리도 목소리를 높여야 한다. 옆에서 아무리 소리를 질러도 들리지 않는다. 내 이야기만 하고 싶을 뿐이다. 아무리 큰 소리라도 듣지 못하고, 아무리 작은 소리도 들을 수 있다. 심지어 소리가 없어도 우리는 들을 수 있다.

30대 중반 이후 조용한 바bar에서 한두 명과 술을 마시던 시기가 있었다. 아마 나이에 따라 조금씩 변하는 것 같다. 30대 중반이 되면 벌이도 20대보다 많아진다. 회사에서도 딱 중간정도의 위치다. 위에서 치이고 아래에서 치이는 힘든 시기다.

또한 매일 회의하고 세미나를 참여해야 하고, 새로운 신규

프로젝트가 생기면 반드시 참여해야 하는 가장 일이 많은 시기로 접어든다. 어느 순간 사람이 없는 조용한 곳을 찾게 되는 시기이기도 한다.

조용한 바를 한두 명 지인과 가곤 했다. 시끄러운 것 보다 조용한 것이 좋았다. 또 노련한 여주인은 나 같은 어리숙한 대화상대자에게 썸씽을 떠올리게 하는 기술을 가지고 있다. 무언가 이루어질 것 같은 야릇한 느낌을 끊임없이 풍긴다. 정신 없고 혼란스러운 사회생활에서 잠시나마 벗어나 아련한 사랑을 떠올리며 가끔씩 가게 된다.

인간은 결국 혼자고 외로운 존재다. 시끌벅적 한 데 있어도 우리는 외롭다. 말하는 사람의 이야기가 듣는 사람의 마음에 들어가지 못하고 겉돌 때 허전함이 느껴진다. 외롭다고 느낀다. 아무리 잘 듣는 척하고 리액션을 해도 말하는 사람은 안다. 내 말이 지금 먹히는지 안 먹히는지를 느낀다.

바는 내가 마시던 술을 보관해서 먹을 수 있다. TV드라마에서 뭔가 고독하고 멋진 사람들이 조용한 바에서 술을 마신다. 나의 모습도 그럴 거라고 생각하며 한껏 멋을 부리며 마신다. 그러면 멋있게 보일 거라고 생각한다.

지인 중 한 사람이 실제로 바의 여주인과 정분이 난 적도 있다. 이 지인과 그 술집을 몇 번을 갔다. 그리고 이들은 친해졌다. 그리고 개인적 만남이 시작되었다. 지인은 결혼을 하지 않았고, 여주인은 한번 결혼에 실패한 사람이었다. 둘은 한참을 좋아했다. 결국은 헤어졌다. 처음 우리는 대형 맥줏집의 소란스러움을 피해 거기를 갔다. 끝날 때는 더욱 혼란스럽고 서로에게 아픔을 주며 끝났다.

지인은 여주인을 사랑했다. 나와 지인은 영업시간에 그 바에 가끔 갔다. 구석 테이블에서 술을 마시며 시간을 보내고 있었다. 여주인과 다른 손님이 하는 이야기가 들렸다. 지인은 나의 이야기에 신경 쓰지 못했다. 여주인과 다른 남자 손님의 대화에만 온 정신을 집중했다. 가끔 야릇한 이야기를 한다싶으면 미간이 살짝 찌푸려졌다.

시간이 지나면서 다른 남자들과 대화하는 모습이 싫어졌다고 한다. 여주인은 자신의 삶을 바꾸고 싶지 않다고 맞섰다. 여주인의 삶의 방식은 처음과 똑같았다. 지인은 그녀의 처음 모습에 빠져 사랑을 시작했다. 이상하게도 마지막도 그녀의 처음 모습이 싫어 끝났다. 그들의 액면적 삶은 변화가 없었다.

직장도 마찬가지다. 처음 입사할 때는 직장의 지금 모습을 수용했다. 마지막은 거의 대부분이 지금의 모습이 싫어서 나온다. 상대가 달라졌을 수도 있고 우리의 시선도 바뀌었을 수도 있다. 보통 큰 변화는 없다.

우리는 불만을 이야기하고 불평해야 하는 존재다. 가만히 있어도 불평과 불만이 생기게 된다. 산속에서 도를 닦는 도승들도 불평과 불만이 있다고 한다. 아무도 건드리지 않는데도 그런 감정이 생긴다. 마음은 항상 출렁이기 때문이다. 자연스러운 흐름이다. 그런 마음이 생겼을 때 그 상황을 제3자적 관점에서 인식하려고 노력하는 것만이 적절한 방법일 뿐이다.

혼
자
서

친구들과 술집에서 왁자지껄 떠들며 대화하고 자기자랑하며 놀다가 화장실을 간다. 술에 취하든 취하지 않든 상관없이 화장실에 가면 내가 잘 보였다. 잠깐이지만 거울 속 술 취한 나의 모습을 보며 스스로를 돌아보게 된다.

나를 다시 생각하게 된다. 그럼 이 모임에서 하고 싶었던 말이 생각나고, 내가 자랑하고 싶은 말도 생각난다. 또 이 모임 때문에 오늘 못한 일을 내일 반드시 해야 한다는 다짐도 하게 된다.

집단에서 벗어나 자기 자신과 마주치면 집단에 있을 때 느끼지 못한 것을 느낄 수 있다. 우리는 혼자가 되었을 때, 고독하게 되었을 때만이 자신과 마주치게 된다.

절
대
악
은
없
다

　　　　　밤, 어떤 외진 곳, 흐릿한 불빛, 낯선 어
떤 사람, 그는 위압을 느낄 정도는 아니다. 그 사람 자체는 무
섭지 않다. 하지만 그렇다고 신뢰감을 주는 편안한 얼굴을 하
지도 않았다. 그와 나는 점점 가까워진다. 그가 나에게 다가온
다. 떨린다. 나에게 길을 묻는다. 완전 무시하기도 그렇다. 그러
다 정말 범죄 상황으로 돌변할 수 있기 때문이다. 빠른 걸음을
재촉한다. 그가 따라온다. 더 빨리 걷는다. 간격은 조금 벌어졌
다. 그도 빠르게 따라오는 것 같다. 그는 나에게 범죄를 저지
르지 않았다. 위협하지도 않았다. 완전한 범죄 상황이면 고함
을 치고, 빠른 다리를 이용해 도망을 가며 신고를 하면 된다.
범죄 상황이 아니기에 이런 행동을 하기는 좀 애매하다. 그냥
이 사람과 좀 멀리 떨어졌으면 좋겠다는 생각뿐이다.

그때 저 앞에서 다가오는 고교생 한 무더기가 보인다. 평소 같으면 무서운 10대 아이들이다. 나에게 점점 다가올 때 시끌벅적 대는 소리는 점점 커진다. 영화에서 범죄자에게 쫓기는 사람이 있다. 다급하게 달린다. 점점 좁혀져온다. 그때 눈앞에 불빛 환한 경찰서 지구대가 보인다. 문을 박차고 들어간다. 깡패보다 더 깡패처럼 생긴 얼굴을 하고 있는 경찰을 본다. 하지만 안도감을 느낀다. 깡패같이 생긴 경찰이 나를 안심시키듯이, 무서운 10대는 지금 나를 안심시켰다.

나는 군대생활을 전경으로 보냈다. 경찰서 정문을 지키기도 했다. 경찰서 정문을 지킬 때의 일화다. 추석명절이었다. 이때는 경찰서도 좀 한가하다. 부대 선임과 후임과 동기들도 휴가를 많이 간다. 오후였다. 경찰서 정문 초소는 창가로 들어오는 햇볕으로 따뜻했다. 갑자기 깍두기 머리를 한 2명이 경찰서 정문을 걸어서 그냥 통과하려고 한다. 우리는 제지한다. 신분증을 제시하고 입장패찰을 달아야 한다고 말한다. 가만 보니 동네 조직깡패들이었다. 구치소에 볼 일이 있어 간다고 한다. 신분증을 제시하면서 귀찮은 듯 인상을 쓴다. 신분증을 받고 그들을 들여보낸다. 얼굴은 30대로 보이는데 22살이었다. 그때 나는 23살이었다. 나보다 한 살이 어렸다.

"저 새끼들 존나 나이 들어 보이네. 도대체 우리나라 깡패는 왜 똑같은 패션을 하고 다닐까?"

뒤룩뒤룩 살찐 몸에 통이 큰 바지를 배꼽 위까지 올려 입고, 손목은 금팔찌, 목에는 두터운 금목걸이를 했다. 깡패관련 일화들을 이야기하면서 옆에 있던 후임과 웃었다. 하지만 조금 전에는 괜히 좀 두려웠다. 이 좁은 동네에서 만날 확률이 높다는 생각이 들었기 때문이다.

조금 있다가 경찰서 강력반에서 전화가 온다. 한명 잠깐 오라고 한다. '무슨 일이지?' 궁금해 하며 들어갔다. 우리를 부른 강력반 김 형사님 앞에 조금 전 그 깡패들이 다소곳이 앉아있었다. 훈계를 듣고 있었다.

"그런 작은 사건은 니들이 알아서 처리해. 임마. 이런 것들까지 우리한테 올라오면 안 돼. 우리도 바빠. 알았째?"

"예 김 형사님 알게심더."

동네조폭들은 고분고분 말하며 자리를 뜬다. 그리고 그들은 또 다른 형사님에게 가서 인사를 한다. 그들이 자리를 뜨는 동시에 나는 관등성명을 된다.

"충성! 김 형사님, 부르셨습니까?"

가까이 와서 앉으라고 한다. 조용히 양주를 건네준다.

"전마들이 준 양주다. 추석인데 내부 반에서 조용히 한잔 씩 해라. 너무 많이 마시지 말고."

평소에 형사님들과는 서로 시간이 맞으면 탁구를 치며 놀았다. 놀 때도 형사님 얼굴이 좀 무섭다고 농담도 했는데, 오늘 보니 동네조폭에게 훈계를 하고 있다. 김 형사님 얼굴을 천천히 다시 보게 되었다. 정말 깡패보다 더 깡패 같은 얼굴이다. 그런데 이 분이 있어 그때 나는 안심했다.

선과 악과 한 끗 차이다. 순식간에 악이 나를 보호해주면 선이 된다. 반대로 선이 나를 보호해주지 않으면 바로 악으로 변한다. 절대 선과 절대 악이 있다. 하지만 우리가 살고 있는 세상은 절대 선과 절대 악 보다는 상대적 선과 상대적 악이 대부분이다. 그리고 상대적 선과 악은 동시에 존재한다. 이것들은 우리에게 미치는 영향에 따라, 우리가 처해 있는 상황에 따라 순식간에 바뀔 수 있다.

괴롭히던 상사가 우리에게 결정적인 혜택을 줄 때가 있다. 또 나를 오랫동안 못살게 굴던 상사와 오랜 시간 일한 후 그 상사로 인해 많이 배웠다고 느낀 적이 있다. 부하를 괴롭히는 것을 상사가 의도했던 의도하지 않았든 상관없다. 그는 우리에게 선한 상사로 인식될 수는 없어도, 장기적으로 우리에게 선으로 작용한다. 상황이 선과 악을 만든다.

악은 나쁘지만 절대는 아니다. 우리가 어떤 상황에 있느냐에 따라 다르다. 우리 인생에서 악이 선으로 변한 경우는 무수히 많다. 혼란도 마찬가지다. 절대적으로 나쁜 혼란은 없다.

묵
언
수
행

　　　바바리코트 깃을 세운 멋진 사람이 조용
한 밤거리를 고독하게 걷고 있다. 그는 담배에 불을 붙이기 위
해 멈춰 선다. 때마침 바람이 불어 머리가 엉클어진다. 고독이
멋있게 보일 수도 있다. 하지만 진짜 고독이 오면 사람이 그리
워진다. 혼자서 수행하는 사람들에게도 관객은 필수다.

　　속세의 욕망을 버린 도인은 산속오두막으로 들어갔다. 묵
언 수행을 시작했다. 그런데 마을에 불이 났다. 마을 사람들은
다른 마을로 모두 이사를 갔다. 도인도 마을이 내려다보이는
다른 산으로 거처를 옮겼다. '세속의 욕망을 버린 깨끗하고 훌
륭한 사람이 묵언 수행 중이다.' 라는 것을 인정해줄 마을 사
람들이 필요했던 것이다. 재미난 일화지만 통찰이 있다.

고독을 느끼는 것은 혼자라서가 아니다. 인간을 둘러싼 타인, 사회, 공동체가 있고, 이러한 것들로부터 소외되고 있다고 느끼기 때문에 고독한 것이다. 인간은 사회라는 맥락 속에서만 비로소 '개인'이 된다. 사회가 없으면 개인이라는 단어가 있을 수 없다.

어딘가에 누군가가 있는 한 고독이 닥치게 된다. 주변에 아무도 없다면 고독이라는 개념도 없게 된다. 우리는 주변사람들에게 영향을 받는다. 절대적으로, 만약 세상에 나 혼자만 존재한다면 고독이란 개념은 없다. 단어조차도 존재하지 않을 것이다. 인간의 성립은 본질적으로 타인의 존재가 필수다. 다른 사람과 떨어져 사는 것은 원리적으로 불가능하다.

개인에 국한되는 고민, 내면의 고민이라는 것은 존재하지 않는다. 어떤 종류의 고민이든 거기에는 반드시 타인의 그림자가 드리워져 있다. 타인이 없는데 우리가 고민을 한다? 말이 안 된다. 아무도 없다면 내면의 고민이 있을 수 없다. 무인도에 있다면 배고픈 고민만 있을 뿐이다.

그곳에서 내가 잘나고, 저 사람보다 못나고의 고민은 없다. 상대방이 있으면 고민이 시작된다. 세상에 대한 고민의 시작은 거울이 발명되면서부터다. 거울이 없을 때는 흔들리는 냇물에 비친 흐릿한 모습으로 자신을 보았다. 스스로 사람들과 자세한 비교가 힘들었다. 실망의 근거가 흐릿했다. 거울이 생기면서 정확하게 남과 나를 비교할 수 있었다. 무엇이 좋고 잘났는지는 그 시대의 기준에 따라 달랐다. 하지만 실망이라는 단어는 시대의 기준이 변해도 그대로 사용되었다.

만약 이 세계에 나만 있다면, 지금 옆에 널려있는 지폐가 무슨 소용이 있겠는가? 지폐가 떨어져 있어도 줍지 않을 것이다. 물론 불을 붙이는 불쏘시개로 사용할 수 있겠다.

무인도에 살면 어떻게 살아갈까? 무인도에서 살면 배고플 때 먹고, 피곤할 때 자고, 하고 싶은 대로 하며 살 수 있다. 우리는 지금도 무인도에서 사는 것처럼 살 수 있다. 하지만 그렇게 살면 인생 낙오자가 된 것처럼 느껴진다. 스스로를 검열한 결과다. 무인도에서는 하고 싶은 대로 산다. 중요한 것은 남의 눈치를 보지 않고 살 수 있다. 타인 시선이 없다. 상상해 보자.

아무도 없다면 할 게 없다. 그럼 우리는 지금까지 타인의 시선 때문에 살았던 것일까? 무시할 수 없다는 것이 결론이다.

어떤 종류의 고민이든

거기에는 반드시

타인의 그림자가

드리워져 있다.

예라는 답이 나온다. 행복 관련 책에서 주로 다루는 이야기가 '타인의 시선과 기대로 살지 마라'이다. 그렇게 행동하려고 무던히 노력했는데, 지금 보니 타인 시선으로 살고 있다. 죽을 때까지 이 시선에서 벗어날 수 있을까? 조금이라도 벗어나는 사람이 행복한 사람일까?

타인의 시선을 무시한 작은 행동을 하나라도 해보자. 행복의 첫걸음이 될 수 있다. 하루에 1~2시간도 자신 자신만을 위해 쓰지 못하면서 자기 인생이라고 할 수 있을까? 자기만의 시간에 자기만의 방법으로 불가능한 꿈을 꾸어야 한다. 이것이 오롯이 자기 자신만을 위한 행동이다.

고독해지고 싶어 한다. 고독이 멋있게 보일 때도 있다. 멋있다는 것은 다른 사람이 나를 쳐다본다는 전제가 있다. 원래 고독은 멋도 맛도 없다. 철저하게 혼자이기 때문이다. 하지만 고독하고 싶고 고독이 좀 멋있게 보인다는 것은 사람들과의 관계 때문이다.

우리는 관객이 없으면 살 수 없다. 하지만 관객 없이 고요히 최소한의 시간을 보내야 한다. 그런 시간을 갖지 못하면 비자발적 고독한테 기습당할 수 있다. 인생의 허무함과 공허함을 느끼게 된다. 스스로를 위해 자발적 고독을 택해야 한다. 즐거운 고독이 있다면 그 고독을 택하면 된다. 하지만 고독은 하나다. 위대하지만 견디기 어렵다.

그놈의 변화 변화

　　"변화해라, 변화해야 한다, 변화…, 인제 '변'자만 들어도 소화가 안 된다."

　　어떤 여직원의 짜증스러운 호소였다.

　　'변화해라. 그렇지 않으면 죽는다.'

　　몇 년 전 회사 워크샵에서 내건 표어다. 워크샵 기간 내내 변화하라는 말만 귀가 멍멍할 정도로 들었던 기억이 있다. 그 기업은 변화하다 망했다. 그렇게 강조했지만 그 기업은 변화하지 못했다. 지금은 거의 없어졌다. 변화하라는 것은 지금과 다른 자신을 만들라는 주문이다.

　　하지만 최고의 변화는 자신이 되는 것이다. 자기 자신을 찾는 것이다. 진정으로 자신이 누구인지를 아는 것이다. 남들을 따라 하는 변화로는 한계를 넘지 못한다. 진정한 자신의 모습으로 돌아가는 것이 최고의 변화다. 마찬가지로 깨달음 중 최고도 자신을 아는 것이다. 새롭게 무언가를 하는 것이 아니다. 있는 그대로의 자신을 보는 것이다. 자신을 볼 수 있다면, 자신의 본 모습을 찾으려고 노력하면 자유를 알리는 종소리가 울린다.

뱀
파
이
어

어떤 사람과 어울린 다음에 진이 빠지고 소모된 느낌이 든다면, 그 사람은 뱀파이어다. 어울리고 난 후에 에너지가 넘치면, 그는 뱀파이어가 아니다.

우리 주변에 많은 뱀파이어가 있다. 뱀파이어는 치료가 안 된다. 그냥 당신 인생에서 추방시켜야 한다. 뱀파이어는 우리 인생 속 많은 것들에 적용할 수 있다. 사람, 일, 취미, 장소 등 모든 부분에서 적용가능하다. 오늘부터 적용해보라.

분
노

조
절

　　모든 행동에는 목적이 있다. 갑자기 화가
치밀어 올라서 이성을 잃고 고함을 지르는 것이 아니다. 상대
를 지배하기 위해 '분노'라는 감정을 만들어 이용한 것이다.

　　목적이 앞선다. '불안해서 밖에 나갈 수 없는 것이 아니다.
나가고 싶지 않아서 불안을 만들어 내는 것이다.' 모든 행동에
는 상대와 목적이 있다. 그것을 염두에 두면 상대방의 마음이
보일 것이다. 상대는 누구이고, 목적은 무엇일까?

　　언젠가 내 차가 멈춰 있는데 뒤에서 소형차가 내 차를 박았
다. 그날 중요한 약속이 있었다. 예민한 상태였다. 차에서 내리
는 순간에는 엄청난 분노를 폭발하려고 했다. 상대방의 잘못
으로 자동차 추돌사고가 났고, 또 난 시간이 촉박했기 때문이
다. 소형차에는 키가 185cm 정도 되고, 머리는 짧고, 깡패 같

은 얼굴을 한 두 명이 내렸다. 난 조용히 마무리했다. 예의까지
갖추었다. 자신이 주체하지 못하는 분노는 없다. 그날 확실히
알았다.

희
생

．

희생의 중심에도 자기 자신이 있다. 횡단
보도에 이르기 전 10m쯤에서 초록불로 바뀌었다. 무릎수술
후 뛰지 않았다. 하지만 수술 후 3년 정도 지나니 뛰는 것도 부
담이 없어졌다. 뛰었다. 반대편에 도착하니 아주머니 한 분이
교회인쇄물을 나누어 주고 있었다.

난 뛰어오면서 방향을 바꾸었다. 인쇄물을 받기 싫었다. 날
씨가 추워 주머니에서 손을 꺼내기 싫었다. 하느님을 믿으라는
내용이었을 것이다. 현재 과학 분야에서 우주탄생에 대한 지
배적 이론은 빅뱅이론이다. 바늘구멍만한 공간도 없었고 아무
것도 없는 무에서 폭발하면서 우주가 탄생했고, 지금도 우주
는 팽창하고 있다는 이론이다. 어쨌든 아무것도 없는 상태서
우주는 생겨났다. 결국 이 우주를 폭발시켜 탄생시킨 이는 신

이 아닐까? 믿는 것은 논리가 아니다. 논리 없이 믿어야 믿음
이다. 논리가 끼어들면 믿음이 아니라, 그것은 논리를 따르는
것이다.

아주머니는 두꺼운 옷을 입고 있었지만 추워보였다. 나 같
은 사람을 구원하기 위해 인쇄물과 사탕을 나누어준다. 신께
서 부여하신 사명이라 여겨 고생으로 생각하지 않을 것 같다.
아주머니의 목적은 한 사람이라도 구원하는 것일 거다. 인쇄
물을 나누어 주는 것이 최종목적은 아니다.

왜 저렇게 고생할까? 왜 인쇄물을 받는 사람이 없는데도
계속할까? 먼저 얕게 보자. 저분은 나 같이 우매한 사람들을
구원하는 것이 하느님이 자기에게 내린 사명이다. 그렇기에 그
녀는 우리를 구원하기 위해 호응이 없어도 추운 데서 고생한
다. 깊게 보자. 저분은 우리를 구원하는 것이 목적이라고 액면
으로는 이야기한다. 하지만 최종은 자신이 하고 싶기 때문이
다. 이 일이 향후에 자기 자신에게 행복을 가져다줄 것을 확신
하기 때문이다. 이 명제는 절대 진실이다.

내
가
남
길
것

　　　　　　　모든 연락처를 불태웠다고. 먼 친척이 있
었다. 나보다 3살이 많았다. 촌수로 따지면 그 친척이 나를 삼
촌이라고 불러야 했다. 나는 중학교 때 서울로 전학 왔다. 그와
같이 많이 놀러 다녔다. 서로 친구처럼 말을 편하게 했다. 그의
집은 엄청나게 가난했다. 동대문 쪽에 살았다. 어릴 때 엄마와
같이 그의 집에 간 적이 있었다.

　　우리 집도 넉넉한 살림은 아니었다. 이 친구 집의 방문을
열고 들어갔을 때 놀랐다. 작은 방 하나에 모든 것이 모여 있
었다. 그 순간 나는 미안한 감정을 느꼈다. 보지 않아야 할 것
을 본 것 같았다. 그가 미안해했다. 그래서 내가 더 미안했다.
어느 한 곳에 시선을 두는 것이 어색했다. 그는 얼굴이 곱상했
다. 조금 잘 생긴 편이었다. 가난하게 보이지 않았다. 오해 없기

바란다. 가난하게 생긴 얼굴은 없다.

난 당시 서울 독산동에 살았다. 가끔 그가 놀러왔다. 서울생활의 노하우를 알려주겠다며 이리저리 나를 데리고 다녔다. 특히 사춘기 시절이라 이성에 관한 노하우를 많이 알려주었다. 오락실에서 여자 꼬시는 법, 지하철에서 여자 사귀는 법, 버스에서 내릴 때 여자와 같이 내리는 법, 여자에게 처음 말 붙이는 법 등 참 많이 전수해주었다.

세월이 지나 우리는 아파트 401호와 402호에 살게 되었다. 우리 집문에서 그의 집 정문까지 딱 1m 떨어졌다. 그는 고교 졸업 후 군대를 갔고, 난 대학을 갔다. 이후 그는 사법시험과 경찰공무원시험을 준비했다. 난 회계사 시험을 준비했다. 바로 옆에 있었지만 우리는 어릴 때처럼 자주 만나지 못했다. 크면서 몇 번 싸운 일도 있었다. 그것이 자주 만나지 않은 결정적 이유는 아니다. 바쁜 20대에 각자의 일에 충실했다.

그는 결혼을 하지 않았다. 경찰공무원에 합격하여 몇 년 다녔다. 더 큰 꿈을 위해 경찰을 그만두고 사법시험 공부를 했다. 37살 때쯤 간암이 발병하여 세상을 떠났다. 자주 만나지 못한 회한과 몇 번 싸운 것에 후회가 마음속으로 밀려왔다.

장례식장에서 그의 어머니께서 말씀하셨다. 죽기 전에 자신의 모든 연락처를 없앴다고 한다. 그래서 연락할 곳이 없었다고 한다. 장례식장은 썰렁했고 그의 친구로 보이는 사람은 아무도 없었다.

그는 자신이 죽게 된다는 것을 알았고 수첩 등 모든 연락처를 불태우고 핸드폰도 버렸다고 한다. 병원 진단을 받고 연락처며 본인이 쓰던 책이며 공책 등을 모두 버리고 불태웠다고 한다. 당시 이 친구의 어머니는 병이 있는지 몰랐다고 한다.

"왜 아깝게 모든 것을 버리고 불태우냐?" 고 질문한 기억이 있다며 장례식에서 펑펑 울었다. 자신의 연락처를 불태울 때 이 친구의 심정은 어떠했을까? 자신을 남기지 않겠다고 결심했을 것이고, 또 죽은 자신을 친구들이 기억하여 회자하는 것이 싫었던 것일 거다. 이 친구는 정말 그냥 왔다가 그냥 갔다. 아무것도 남기지 않았다. 친구들에게 자신의 죽음에 대한 기억도 남기지 않았다. 이 친구의 어머니는 인생이 허무하다며 많은 눈물을 흘렸다.

언젠간 우리는 죽게 된다. 대부분의 사람들에게 우리의 죽음은 별 의미가 없다. 특별한 흔적도 남지 않는다. 일부 사람들만 우리의 죽음으로 상처받는다. 우리가 죽은 이후 얼마동

우리가 남겼던
거의 모든 흔적은
없어진다.

안은 우리를 기억할 것이다. 하지만 결국은 모두 잊혀 진다. 우리가 살아생전 만들어낸 결과물이 있다면 잠깐 동안은 추억이 된다. 아주 짧은 시간이 지나면 우리를 기억하는 사람들도 다 죽는다. 우리가 남겼던 거의 모든 흔적은 없어진다.

《빅히스토리》라는 책이 우리에게 던진 질문이다.

"지금부터 '수백만 년'이 흐른 후에 여러분의 화석이 어떻게 되었을 것이라고 예상하나요?"

당신이 자주 하는 생각

내 바지에는 차돌 하나가 있다. 반질반질하다. 한 손에 쏙 들어온다. 아침을 나설 때 꼭 바지주머니에 넣는다. 몇 년 전 날아온 화분을 피하고, 뜨거운 여름 한 달가량 차 안에서 《마인드 파워》라는 책을 읽었다. 이 책이 소개해 준 방법은 먼저 한 손에 쏙 들어오는 차돌을 줍는다. 차돌은 부드러워야 한다. 그래야 기분이 좋아진다. 그 돌에 자신이 다짐하는 생각을 주입한다. 주머니에 항상 가지고 다닌다. 수시로 차돌을 만질 때 마다 자신의 다짐하며 마음속으로 외친다. 목소리를 외부로 표출하면 효력은 더 좋아진다.

나는 스스로 다짐을 할 때, 긴장할 때, 힘들 때마다 주머니에 손을 넣고 생각한다. 마법의 돌이라고 명명했다. 처음에는 돌을 만지면서 다짐했던 것은 '나를 사랑하자'였던 것 같다. 그러고는 한동안 들고 다니지 않았다. 몇 개월 전부터 다시 이 돌이 눈에 들어왔다. 아마 생각할 시간이 된 것 같다. 기존에 품고 있던 명언의 효력이 끝난 것 같다. 다른 고민이 시작되었다는 의미다. 지금 이 돌을 만지면서 다짐하는 내용이다.

"내가 보고, 듣고, 느끼고, 말하고, 생각하는 모든 것이 나를 구성한다."

처절한 패배, 허무함, 자리를 박차고 나가고 싶은 고통, 순간적 환희 등 여러 감정은 하루에도 올라왔다 사라진다. 이때 나는 꼭 돌을 만진다. 부정적 감정이 순간적으로 사라짐을 느낀다. 이 돌에 주입한 나의 생각이 강하기 때문이다. 내가 보고 듣고 느끼고 말하고 생각하고 행동하는 것이 나를 구성하는 원료다. 그래서 돌을 만지는 순간에는 무서운 생각도 든다. 내가 부정적 생각을 지속하면 나의 구성분자가 부정적 분자로 이루어지기 때문이다.

지금 내 눈앞에 있는 나무가 나고, 아이들의 노는 소리를 듣고, 노트북 자판 누르는 느낌과 가슴에 와 닿는 문장을 말하고, 《동의보감》을 읽겠다는 생각이 바로 나다. 모든 것이 바로 나를 구성하는 물질들이다.

함부로 볼 수 없다. 들을 수 없다. 느낄 수 없다. 생각할 수 없다. 이 돌의 위력이다. 물론 의식하지 못할 때가 더 많다. 그러기에 나는 이 돌이 더 소중하다.

나의 스마트폰 첫 화면은 '불광불급'이었다. 미쳐야 미친다는 의미다. 잘 보지 않게 되었다. 스마트폰 첫 화면을 쳐다보는 것보다 차돌을 촉감하는 것이 더 위력적이었다. 감촉하면 더 깊게 받아들인다.

안정적인 직장보다

안정적인 정신

영원한 것은 없다. 직장은 더더구나 그렇다. 안정적인 직장을 구하는 것보다 안정적인 정신을 구축하는 것이 미래를 안정적으로 사는 길이라는 생각이 든다. 안정적인 정신이란 자신만의 철학을 바탕으로 시류에 흔들리지 않는 강한 정신을 말한다.

지금 당신은 큰 실의에 빠져있을 수 있다. 세상에서 가장 큰 슬픔을 겪고 있다고 생각하던 사람도 자신이 죽을병에 걸렸다는 것을 알면 그전에 큰 슬픔은 더 이상 아무것도 아닌 것이 된다.

앞으로 우리가 살아야하는 사회는 더욱 많은 변화가 불 보듯 뻔하다. 이런 혼란스럽고 극심한 변화에 혼란을 겪지 않을 수 없다. 단지 그런 혼란보다 더 크고 강한 정신을 구축하면 된다.

벽을 넘어도
또 벽을 만난다

깨달음은 깨달음이 아니다. 자신이 이해했고 또 깨달았다고 생각하는 경우가 많다. 모든 것을 다 알았다는 느낌으로 순간적으로 벅찬 감동을 느낀다. 환희도 생긴다. 자신감이 순식간에 차오른다. 그러나 내일이 되면 또 다른 장벽을 경험한다.

어제 알았던 깨달음이지만 오늘 실천하려고 하면 또 다른 벽에 부딪히게 된다. 실망한다. 이런 과정을 수없이 반복하면서 느낀다. 세상에서 완벽한 깨달음은 없다. 아무리 오랫동안 산속에서 수행을 해도 완벽히 깨닫지 못한다. 순간순간 부분적 깨달음만 있다.

목표했던 일이나 깨달음을 성취하면 그 효력은 급속히 떨어진다. 어떤 것을 깨닫고 나면 그 깨달음은 더 이상 깨달음이 아니다.

깨닫는 과정은 고통이다. 그 힘든 과정을 지속 수행가능하게 하는 힘이 진정한 깨달음이다. 그것만이 진보다.

관
성

　　　　　　우리는 잘못하지 않았다. 해온 대로 했을
뿐이다. 누구나 자신이 현재하고 있는 일이나 상황을 인식하기
는 쉽지 않다. 인식했더라도 해온 행동이나 방향을 바꾸기도
어렵다. 관성의 법칙이 작용한다. 인간은 자신의 행동이 철저
하게 잘못되더라도 바꾸기가 쉽지 않다.

　잘못했어도 바꾸기 쉽지 않은데, 하물며 잘못이 아니라고
생각한 것을 바꾸기란 대단히 어렵다. 또 타인이 명백한 잘못
을 지적해도 자신은 잘못이 아니라고 생각할 수도 있다. 그 명
백한 잘못은 자신 때문이 아니라 타인의 잘못 때문에 발생한
거라는 증거를 재빠르게 수집한다. 인간은 자신의 잘못을 시
인하기도 어렵고, 잘못을 시인하더라도 행동으로 옮기기는 더
어렵다.

관성의 법칙이
작용한다

우리는 잘못하지 않았다

내
마
음
의

거
울

명품패션으로 유명한 샤넬의 창업주 코
코샤넬은 1883년 프랑스의 소뮈르의 가난한 집에서 태어났
다. 어린 시절 어머니를 여의고 보육원에 자랐다. 그때 바느질
을 배웠고, 술집에서 노래하며 불우한 젊은 시절을 보냈다.

코코 샤넬의 방 한가운데는 거울이 있었다. 패션업을 하니
당연할 수 있다. 하지만 그녀는 거울을 보며 자신과 대화를 했
다고 한다. 끊임없이 자신을 들여다보려고 했다. 철학적 독서
를 통해 자신과 깊은 대화를 시도했고 거울을 보면서도 자신
의 내면을 점검했다.

거울을 볼 때 눈동자를 보는 행위를 실행해 보라. 그러려면
지금까지 거울을 보는 거리보다 훨씬 거울에 가깝게 다가가야
한다. 그래야 당신의 눈의 흰자 부분인 공막과 검은자 부분인

홍채와 빛의 양에 따라 크기를 달리하는 동공 부분이 보인다. 그리고 각각의 경계도 보게 된다. 참고로 관상학에서는 경계가 선명한 눈을 가진 사람이 지능이 높다고 말한다.

거울에 다가가는 행위가 바로 관심이다. 사랑이다. 당신을 위로하고 근원적 질문을 하게 된다. 또 당신이 평생 동안 찾아야 할 것이 있다면 눈을 보고 질문해라.

'가끔 고달프기도 하지만, 지금까지 잘 살아내고 있는 것은 육신, 너희들 때문이다. 고맙다.'

'나의 행위가 세상을 선하게 만드는데 조금이라도 도움이 되기를 바란다.'

'질문 없는 삶이란? 왜냐고 묻지 않은 삶을 어떻게 실천할 수 있을까?'

시간은 10초 정도다. 10초로 당신의 눈빛은 살아난다.

관
심

관심을 기울이는 것은 필수다.

관심은 생명력이다. 너와 다른 이들을 엮어준다.

– 수전 손탁

눈 뜬 장님은 자신의 추하고 악한 것을 보지 못한다. 어쩌면 보지 않는다. 자신을 제대로 보면 견딜 수 없기 때문이다. 혼란스러운 세상을 헤쳐나가기 위해서는 육신이 중요하다. 관상학에서는 우리 육신의 90%를 차지하는 것은 눈이라고 한다. 눈빛이다. 혼탁한 세상을 보는 것은 눈빛이다.

《동의보감》에서 눈은 간과 연결되어 있다고 말한다. 피로하면 눈이 아프다. 간이 나쁘면 눈으로 먼저 나타난다. 간이 좋으면 눈도 밝아진다. 간을 좋아지게 하는 간단하지만 효과적인 방법이 있다. 간을 응시하며 관심만 가져도 간이 좋아진다. 간이 위치한 곳을 손으로 문질러 주면 간은 더 좋아진다고 말한다.

문지른다는 것은 간단한 행위이다. 관심과 사랑의 표현이다. 몸에 관심을 가지고 사랑을 주면 좋아지는 것은 당연하다. 집에 있는 화초도 매일 만지고 관심을 가진 화분이 그렇지 않은 화분보다 더 잘 자란다.

누구나 알고 있는 과학이다. 화분도 관심과 사랑이 필요하다. 하물며 내 몸 안에 있는 나의 생명에 치명적 영향을 주고 있는 소중한 신체에게 사랑을 주어야 하는 것은 마땅히 해야할 일이다.

간은 오른쪽 갈비뼈로 싸여 있고 횡격막 아래 복부 내에 위치한다. 일반적인 사람이 쉽게 만질 수 없는 곳에 위치해 있다. 간단히 오른쪽 갈비뼈와 복부의 오른쪽을 매일 5초 이상 문질러주며 고맙다는 말만 해도 간이 기분 좋아한다. 눈 뜬 장님에서 벗어날 수 있다.

욕
망

　　　　　　부지런한 노력은 성공을 위해 가장 큰
역할을 한다. 하지만 어떤 것에 부지런한 노력을 쏟느냐에 따
라 가치는 큰 차이가 난다. 내키지 않는 분야에 부지런한 노
력은 위험할 수 있다. 부지런한 노력만으로는 폭발력을 만들
수 없다. 흥분이 더해져야 폭발력이 생긴다. 흥분은 욕망에
서 나온다.

　　우리 삶이 질척거리는 것은 가난해서가 아니다. 욕망이 죽
었기 때문이다. 욕망이 있어야 창조할 수 있다. 욕망은 광활한
들판에서 사자가 사슴을 쫓듯 있는 힘을 다해 돌진하는 것이
다. 자신의 욕망을 따라야 폭발력이 나온다. 하기 싫지만 해야
하는 일에 엄청난 노력과 시간을 투여해도 서서히 내몰린다.

시
간

죽는 방법은 여러 가지다. 진정한 자아에 다가서지 못할 때 조금씩 죽는다. 진실을 거부할 때 조금씩 죽는다. 꿈을 포기하라고 자신에게 속삭일 때마다 조금씩 죽는다. 기쁨 가득한 열정을 갈구하는 마음의 소리에 귀 기울이지 못할 때 조금씩 죽는다. 두려워서 활력 넘치게 살지 못할 때마다 조금씩 죽는다. 살아 있지만 죽은 것처럼 사는 것이다.

우리에게 남아있는 시간이 50년, 30년, 20년, 10년, 5년, 1년일 수 있다. 1년이 남았다고 생각하며 살아보자. 1년 밖에 살지 못한다고 생각한다면 지금 삶을 유지하지 않을 것이다.

오
지
랖

　　　　　행동으로 옮길 때 주변 사람들은 당신을
만류한다. 당신이 최고의 인물이 되기를 바랄 것 같지만 꼭 그
렇지 않다. 그들이 가지고 있는 마음실체를 알아야 한다. 인간
의 본성적 행동이다. 욕할 것은 아니다.

　당신이 성장하는 것을 모두가 축하하는 것은 아니다. 어떤
이들은 싫어한다. 멀어지기도 한다. 당신이 지닌 한계, 과거의
역할, 오랫동안 같이 한숨 지으며 지내온 삶이 그들과 더 잘
어울리고 마음 편하다고 느낀다.

　당신은 자아를 찾는다. 당신이 더욱 당신다워지고, 크게 깨
닫고, 의식을 확장할수록 주위 사람들은 당신의 새로운 모습
을 보고 뒷걸음친다. 그때 당신은 당황한다. 그들은 당신의 옛
날 모습을 좋아한다.

그들은 당신의 새로운 모습에 위협을 느낀다. 새롭게 변한 당신이 과거의 그들을 무시할까봐 또는 좋아하지 않을까봐 두려워한다. 당신은 변했는데 그들은 변하지 못해 그들 스스로의 모습이 불편해진다.

당신은 성장해서 기쁘지만, 주변 사람들이 당신을 밀어내는 것 같아 씁쓸해진다. 당신이 자신을 찾고 자아를 찾고 철학을 정립한 것을 잘난 척한다고 그들은 느낄 수도 있다.

당신의 성장으로 그들이 작아 보이게 된다. 당신의 결단으로 그들의 우유부단함이 도드라진다. 그들 주변 사람들이 그대로 머문다면 그들도 제자리에서 움직일 필요가 없어지니까. 그들이 당신을 사랑하기 때문에 당신이 실수하거나 후회할 일을 하지 못하도록 막는 것처럼 보일 수 있다. 실제는 그들이 스스로를 보호하려고 그렇게 행동할 가능성이 크다. 가까운 사람이 멀어져도 괴로워하지 마라. 당신 자신의 세계가 넓어지면서 가깝다고 느꼈던 사람도 멀어진 것이다. 자신의 정신적 성장을 기뻐하면 된다.

새로운 길을 간다면 주변 사람들과 멀어질 수 있다. 하지만 새로운 여정에서는 또 다른 새로운 인연이 생긴다는 것을 기억하고 날아올라야 한다.

"사장님은 잘 있냐?"

"응, 여전하지."

여전하다는 말에서 부정적 느낌이 묻어났다. 옛 동료를 오랜만에 만났다.

사회생활하면서 많이 듣는 이야기가 있다. 하나는 '사람은 잘 변하지 않는다.'이고, 또 하나는 '그 사람은 변했다.'이다.

몇 년 전에 이 동료의 부탁으로 1년 정도 같이 일했다. 사장은 쉽지 않은 사람이었다. 의심이 많았다. 사장은 그런 자신을 철두철미하다고 표현했다. 하지만 구성원들은 엄청난 간섭으로 느꼈다. 구성원보다 외부인 이야기를 더 신뢰했고, 직원들을 타 기업 직원들과 비교하며 모욕감도 느끼게 했다. 쉽게 말해 직원들을 함부로 대했다. 직원들은 사장 앞에서만 따르는 척했다. 이 동료는 사장의 친 동생이다. 나와는 친구사이다. 그는 그만두고 싶어도 형이라는 굴레와 여러 가지 여건 때문에 퇴직하지 못했다.

술이 몇 잔 돌자 그는 예전처럼 사장이자 형을 비판했다. 여전히 같이 일하는 것이 힘들다고 토로했다. 일반적으로 사장에게 스트레스를 받으면 퇴근 후 직장동료들끼리 사장을 신랄하게 씹는다. 스트레스를 푸는 데 최고다. 하지만 타부서 사람들은 사장 동생이라는 이유로 이 친구를 멀리했다. 그는 외톨이였다. 그는 회사 동료들에게는 하소연하지 못했던 울분을 친구인 나에게 쏟아냈다. 형제의 느낌은 없었다.

"사람은 잘 변하지 않아. 너도 그 인간 알잖아."

'사람은 잘 변하지 않는다.'와 '그 사람은 변했다.'는 둘 다 주로 부정적 의미다.

예전부터 싫어하는 사람이 있다. 인성 때문에 싫어한다. 지금도 여전히 그를 싫어한다. 그럴 때 '사람은 잘 변하지 않는다.'라고 말한다.

또 다른 경우는 예전에는 그를 좋아했다. 인성이 좋다고 느꼈다. 무엇보다 자신과 갈등이 없었기 때문에 최소한 나쁜 관계는 아니었다. 하지만 지금은 그를 싫어한다. 그와 갈등으로 인성이 안 좋게 변했다고 느낀다. 그때 '그 인간 변했어.'라고 말한다.

우리는 누군가에게 긍정적인 의미로 이 말을 들어야 한다.

"강민이 만큼은 변하지 않았다."

"와우 강민이 정말 많이 변했어."

메
신
저

가끔 메신저를 통해 지인들과 집단으로 대화한다. 주제가 명확하면 5명 이상만 되어도 대화가 쏟아진다. 끊임없이 자신의 말을 내뱉는다. 나도 메시지를 보냈다.

"아이들을 생각하면 눈물이 난다. 그런 위급한 때에 한 나라의 최고 리더라는 사람이 무엇을 했는지 우리는 알 수 없다."

지인이 다음 메시지를 보냈다.

"눈물이고 나발이고, 이번 모임은 어디서 만날 거냐?"

이 메시지 이후 그날은 나는 메시지를 보내지 않았다. 한참을 고민했다.

'야 사람 감정을 함부로 씹지 마라. 기분별로다.'

'너의 지금 메시지 때문에 기분이 엄청 나빠졌다.'

'항상 말조심 또는 문자 조심해라. 잘못하다가 칼 맞는다.'

'내가 지금 욕을 하고 싶다. 너의 메시지로 모욕감을 느낀다.'

위의 여러 가지를 보내려다 지웠다. 썼다가 지우기를 5번 이상 했다. 결국 보내기버튼을 누르지 못했다. 이 친구는 별생각 없이 한 말일 거다. 괜히 내가 기분상한 문자를 보내서 정말로 심각해질 수 있다. 자주 만나지도 않는데…, 그렇게 해서 문자는 더 이상 하지 않았다.

며칠이 지났다. 연말모임을 했다. 이 친구를 보았을 때 그때 그 문자가 생각났다. 이 친구는 그 당시 내가 어떤 마음이 었는지 전혀 몰랐을 것이다. 술자리는 지속되었다. 많은 대화가 오고 갔다. 그러던 중 이 친구가 말이 안 되는 주장을 했다. 나는 평소보다 공격적으로 논쟁을 폈다. 나도 인식하지 못했지만 앙금이 남아있었던 것이 분명했다.

경
쟁

미라이공업 창업주 고 야마다 회장이 승진자를 선정하는 방법은 독특하다. 종이쪽지에 승진대상자 이름을 적는다. 그 종이를 선풍기에 날린다. 가장 멀리 날아간 종이에 적힌 사람을 승진시킨다. 1965년 창사 이래 적자가 없다. 승승장구하고 있다. "인간은 비슷한 능력을 가졌다. 큰 차이가 없다. 위대한 경영자는 구성원의 잠재력을 끌어내는 사람이다. 손쉬운 방법이 있다. 신뢰하기만 하면 된다. 신뢰는 모든 것을 믿는 것이다. 심지어 배신당할 줄 알면서도 믿는 것이 신뢰다." 신뢰를 바탕으로 자유롭게 일할 수 있으면 인간은 오히려 대충 일을 안 한다. 그 안에서 성과를 내려고 필사적으로 궁리한다. 잘하고 싶은 욕망은 인간의 본능이다.

　　회사는 끊임없이 평가하려고 한다. 마치 모든 것을 해결해 주는 알라딘의 램프라도 되는 것처럼 말이다. 또 서로 협력하라며 쉴 새 없이 강조한다. 평가는 경쟁이다. 경쟁은 이기는 것이 목표다. 협력이 목표가 될 수 없다.

　　쉴 새 없이 경쟁시키면서 협력하라고 한다. 아이러니다. 협력, 정직, 가치를 평가해야 한다. 옆 동료를 이기라는 것이 평가의 본질이 아니다. 회사가 추구하는 가치를 얼마나 잘 실천하는지를 평가해야 한다. 그것이 진정한 평가다. 비전과 핵심가치가 필요한 이유다. 비전이나 핵심가치가 없으면 매출로만 평가하게 된다. 회사는 위험해진다. 반론이 있을 수 있다. 매출은 협력, 정직, 가치로 이루어졌다. 이런 것들이 달성되지 않으면 매출이 일어나지 않는다. 맞는 말이다. 하지만 이런 것 없이 동료를 속이고, 고객을 속이고, 회사를 속이고, 자신을 속이며 단기적 성과에만 몰두해도 매출은 올라갈 수 있다. 이런 방식으로 매출이 올랐다는 이유로 회사가 좋은 평가를 하면 구성원들은 갈팡질팡한다. 어떤 수단과 방법을 동원해서라도 매출만하면 된다는 인식이 생긴다. 시간이 지날수록 회사의 정체는 없어진다. 단기적으로는 문제없다. 장기적으로 회사는 산으로 가게 된다. 회사는 사멸할 수밖에 없다. 그래서 장기적으로 롱런하는 회사가 많이 없고, 좋은 경영자가 나오기 힘들다. 이런 순간에 단기적 이익을 포기하는 것은 뼈를 깎는 고통이다. 생존에 관련되어 있을 수도 있다. 웬만한 정신적 각성이 없으면 절대 행할 수 없다. 그래서 확고한 가치관, 핵심가치, 비전이 필요한 것이다. 장사꾼이 아닌 경영자가 되려면 도를 닦는 수준까지 가야 된다.

'사악해지지 마라', 구글의 핵심가치 중 하나다. 직원이 신규매출처에 표준화된 가격표에 따르지 않고, 더 높은 가격으로 매출할 수 있다고 하자. 그럼 회사 매출도 올라가고, 자기의 실적도 높아진다. 하지만 이 핵심가치는 직원이 의사결정을 내릴 때 분명 영향을 미친다. 이 핵심가치를 지키면 단기적으로 손해다. 장기적으로 위대한 기업이 될 수 있다.

제대로 된 평가를 위해서는 구성원이 동의한 정교한 핵심가치와 비전이 있어야 한다. 경영자가 해야 할 최고로 어렵고 중요한 업무다. 어떤 비전과 핵심가치가 설정되고 실천되느냐에 따라 장사꾼인지 기업가인지 판가름 난다.

핵심가치와 비전이 설정되었다면, 회사가 추구하는 핵심가치와 삶의 궤적이 동일하거나 비슷한 사람을 뽑아야 한다. 또는 핵심가치와 비전에 동의하고 실천하려는 강한 의지를 가진 사람을 뽑아야 한다. 입사시점이 평가를 정교하게 해야 할 때이다.

장기적으로 성장가능 했던 기업들은 성과가 없을 때도 구성원들에게 많은 혜택을 선급해주었다. 인센티브만 혜택이 아니다. 혜택의 종류는 다양하다. 자긍심, 회사와의 신뢰, 동료간 신뢰, 회사의 분위기, 인센티브 등이다. 인센티브는 여러 혜택 중 일부다. 구성원들 스스로 열심히 하지 않으면 회사와 동료직원들에게 미안한 생각이 든다. 직원들이 일을 열심히 하는 이유는 평가에 따른 성공인센티브나 페널티 때문이 아니었다. 혁신 기업들은 괜히 분위기만 나빠지게 하는 평가를 지양하고, 구성원 모두가 핵심가치와 비전을 만드는데 참여하고, 이 핵심가치와 비전에 따라 행동하게 한다.

해가 뜨는 것과 지는 것을 더 깊이 음미하고 싶다. 95세 노인에게 다시 태어난다면 무엇을 하고 싶냐?고 물었을 때 첫 번째 답이다. 또 후세에게 유익한 무언가를 남기고 싶다. 마지막으로 과감하게 기회를 향해 도전해보고 싶다. 시도해보지도 않고 흘려보내기엔 인생이 너무 짧다.

10번의 타석에서 9번을 실패했다. 1개를 성공했다. 이 사람은 1할의 타율을 가진다. 하지만 타석에 들어서지 않으면 야구를 한 게 아니다. 아무런 도전이 없었던 삶은 실패가 없다. 인생을 산 것이 아니다.

우리는 도전도 없고, 실패도 없고, 후회도 없다. 아무것도 없는 삶이다. 다시 돌아가도 지금 현재 삶을 선택할 것이라고 당당하게 말하는 이도 있다. 다시 돌아갈 수 없다는 것을 알기에 또 아예 돌아가는 것을 생각도 해본 적이 없기에 호기롭게 말한다. 당당한 도전과 실패와 후회하는 삶이 필요하다. 도전한 인생만이 진짜 삶이기 때문이다.

조급함, 공허함, 지루함 이면에는 두려움이 있다. 쇼핑, 술, TV, 도박, 캠핑, 운동, 일 그리고 공부한다. 우리 일상이다. 이런 행위들의 이면에도 세상에 대한 두려움이 숨어있다.

"작가님은 경제적으로 넉넉하지 않다고 말씀하시면서도 항상 즐거워 보여요! 세상을 달관한 것 같아요! 어떻게 그럴 수 있어요?"

창업캠프에서 만났던 어떤 분이 미소 지으며 말했다. 그분은 은행지점장으로 퇴사했다. 새로운 직업을 구할 수 있을지, 창업을 할 수 있을지 걱정했다. 걱정이 넘치면 조급함으로 이어진다. 살짝 조급해 보였다. 캠프에 참여한 사람들과 서로 신뢰하고 협력하는 분위기를 만들기 위해 많은 대화를 한다. 신뢰를 쌓는 최고의 방법은 자신의 아픔을 솔직히 드러내는 것이다. 나도 개인적 어려움을 있는 그대로 드러냈다.

"겉모습만 그렇게 보이는 거예요. 저도 속으로는 걱정이 많아요!"

이렇게 말하면서 천천히 나 자신을 돌아봤다.

'내가 지금 걱정해야 할 타이밍인데, 별 생각 없이 사는 건 아닌가?'

곰곰이 생각해보니 내가 달관한 것처럼 보이는 이유를 알 았다. 나를 믿기 시작했기 때문이다.

'스스로를 신뢰해야 한다.'

우리들이 많이 들었던 말이다. 하지만 어떻게 해야 자신을 신뢰할 수 있는지에 대해 구체적 방법은 듣지 못했다.

자신을 믿으려면 먼저 자신을 알아야 한다. 우리가 어떤 사 람을 믿으려면 그 사람의 태도, 생각, 경력, 심지어 사적인 생 활 등 많은 부분을 알아야만 한다. 그리고 난후에 그 사람을 신뢰할지 말지를 결정한다. 스스로에 대한 신뢰도 마찬가지다. 거울을 보거나, 지금까지 생각해 왔던 나를 확신하거나, 친구 들이 나에 대해 하는 이야기만으로는 나를 제대로 알 수 없다. 자신의 행동과 생각을 어색한 관점으로 관찰하고 행동해야 한 다. 그 관점은 위인들이 제공한다. 그 관점에 근거해서 자신의 행동과 생각을 실험해야 한다. 위인들의 생각과 우리 생각을 비교하고 위인들이 자신에게 했던 질문을 우리자신에게도 해야 한다. 분명 어색하고 불편하다. 우리가 어색하고 불편한 것은 위인들의 생각과 우리의 생각이 다르기 때문이다. 이 과정이 반복되면 자신이 보이기 시작한다. 위대한 사람을 만나는 최고의 방법은 그들이 쓴 책을 천천히 읽는 것이다.

몇 해 전부터 나는 나를 알기 위해 읽고 쓰고 있다. 그 과정에서 지금까지 나라고 생각했던 것이 내가 아닌 것도 있었다. 나를 찾는 시간이 누적되면서 내가 조금씩 보였다. 서서히 나를 믿어갔다. 동시에 두려움은 천천히 삭제되었다. 지금은 무슨 일이 일어나도 세상을 잘 헤쳐 나갈 것 같다. 근거 없는 낙관일 수 있다. 하지만 난 지금 나와 주변을 탓하지 않는다. 자신을 믿으면 세상에 대한 두려움은 사라진다. 두려움이 사라지면 주변에서 발생한 일을 긍정한다. 자신을 알수록 주변을 탓하지 않는다. 축복한다.

행동으로 보여줄 때

낭창하게 사는 사람은 없다. 주변을 봐도 모두 치열하게 산다. 하지만 그냥 열심히 사는 것은 게으른 것이다. 위험하다. 중요한 것은 일을 열심히 하는 것이 아니다. 중요한 일을 열심히 해야한다. 중요한 일이란 방향을 설정하는 것이다. 그리고 행동으로 옮기는 것이다.

"우리 중 가장 용기 있는 사람마저도 자신이 아는 것을 행동에 옮기는 용기를 가진 사람이 거의 없다." 니체의 말이다. 극소수의 사람들만 행동했고, 그들만이 자신을 깨닫고, 당당했고, 세상을 변화시켰다. 내면에서 일어난 변화는 행동으로 나타나야 한다. 우리는 책을 보고 깨달은 사항으로 만족한다. 자신은 성취했다고 말한다. 아니다. 낚시하는 것과 해안에 멍청히 서 있는 것은 다르다. 최고의 낚시도구를 준비하고 낚시

이론을 공부하고 최고 지점에 서 있어도 낚시라고 말할 수 없다. 낚싯대를 던져야 낚시다.

혼란스러움을 남겨야 당신이 보인다

　　　그리웠다. 극심한 혼란이 왔을 때 누구와
도 소통하지 않았다. 옛날 같았으면 주변에 연락해 힘들다며
하소연하고 은연중에 잘난 척하며 소주로 뇌를 마비시켰을 것
이다. 이 책을 쓰는 동안에는 나 자신하고만 대화했다. 혼란을
간직하는 방법이라 생각했다. 간직해도 혼란은 며칠간 계속 되
었다. 그러다 잠깐 사라졌다. 하지만 더 크고 새로운 혼란이
나를 자연스럽게 덮쳤다.

　아이러니하게 '혼란스러움을 간직하라'는 주제의 책을 쓰
는 동안 난 몹시 혼란스러웠다. 하지만 혼란을 피하거나 억지
로 떨치려하지 않았다. 대신 혼란을 관찰했다. 무엇이 혼란을
야기하는지? 왜 혼란한지? 계속 품고 있으면 내 마음이 어떻
게 변하는지?

완벽한 퇴직준비란 없다. 결단이고 결심만 있을 뿐이다. '마음 단단히 먹어라', '경제적으로 대비해라', '여유를 가져라' 이런 말들은 가장 편하게 할 수 있는 가장 무책임한 말이다. 자신을 찾는 것만이 완벽한 퇴직준비다.

퇴직과 이직사이 불안한 흔들림을 조급히 털어내려고 악착같이 노력했던 적이 있다. 하지만 털어내지 못했다. 책을 쓰는 동안 엄청난 상실감, 가족의 갑작스러운 죽음, 불치병 같은 것은 없었다. 다만 퇴직으로 인한 정신적 경제적 압박감을 걷어내려고 애썼다. 하지만 걷어내지 못했다. 혼란은 없어지지 않았다. 그래서 혼란을 없앨 수 없다면 적극적으로 간직해보자고 결심했다. 결심했다고 혼란이 바로 없어지지 않았다. 하지만 혼란스러움을 간직하자는 결심만으로도 위안이 되었다. 혼란스러움을 간직하는 시간이 늘어날수록 스스로에게 질문하고 있는 나를 발견했다. 간직해야만 스스로에게 질문한다는 것을 깨달았다.

독자들 중 책에 나온 내용에 반감을 가지는 이도 있을 것이다. '지금 미칠 것 같은데 그 감정을 간직하라니?' 내키지 않을 수 있다. 혼란한 감정을 피한다고 없어지면 그렇게 하라. 피한다고 없어지지 않는다는 것을 우리는 이미 안다. 그러므로 내키지 않는 생각을 행동으로 실천해야 한다. 여러분은 딱 하나만 실천했으면 한다. 지금 당신을 괴롭히는 감정이 있다면 관찰하고 응시하여 종이에 쏟아내라. 이 과정이 혼란을 품는 것이다. 자신을 알아가겠다는 생각을 간직해라. 이 과정이 당신 인생을 결정한다.

모든 책이 마찬가지지만 이 책도 만병통치약은 아니다. 혼란한 감정을 한방에 해결해주지 못한다. 우리가 지금 겪고 있는 문제는 오직 고단한 과정을 거쳐야만 해결가능하다. 타인의 성공경험이든 실패경험은 참고사항이다. 자신에게 적용하기 쉽지 않다. 지금 당장 혼란이 없어지지 않더라도 간직하겠다는 결심만은 계속 품기 바란다. 그러다보면 자신과 만나게 되는 순간이 온다. 자신을 만나야만 혼란의 정체를 알 수 있다. 그때는 어느 누구도 당신을 막지 못한다.

혼란이 미래의 잠재력이 되기 위해서는 반드시 흔적을 남겨야 한다. 그래야 당신이 보인다. 혼란으로 고통 받는 사람들에게 현재의 감정을 간직하라는 적극적 메시지를 전달하고 싶었다. 아직 내공과 필력이 따라주지 않았다. 단 한명의 독자라도 혼란스러움을 일상으로 여기고 간직하기로 결심한다면 기쓰겠다.

마지막으로 책의 완성에 심혈과 탁월함이 뭔지를 보여주신 채륜 대표님과 임직원분들과 김승민 대리에게 진심으로 감사 드린다.

오랜 세월을 같이 하면 모든 것을 알 것 같다. 그렇지 않았다.

가족과 친구들이 이 책을 보지 않았으면 한다.

내밀한 이야기는 자신만 안다. 나도 나를 몰랐다. 이것이 나인가?

각 페이지를 완성할 때마다 이런 의문에 놀라기도 하고 숨기고 싶기도 했다.

만약 원혁이와 원혁엄마와 가족들과 친구들이 본다면, 이 책을 바친다.